KB114081

현대 도술사

묵련 장편 소설

FUSION FANTASTIC STORY

현대 도술사 3

묵련 장편 소설

초판 1쇄 찍은 날 § 2015년 8월 14일
초판 1쇄 펴낸 날 § 2015년 8월 21일

지은이 § 묵련
펴낸이 § 서경석

편집책임 § 이재림

펴낸곳 § 도서출판 청어람
등록번호 § 제387-1999-000006호
등록일자 § 1999. 5. 31
어람번호 § 제1-2202호

주소 § 경기도 부천시 원미구 부일로 483번길 40 서경B/D 3F (우) 420-822
전화 § 032-656-4452 팩스 § 032-656-4453
http://www.chungeoram.com
E-mail § chungeorambook@daum.net

ISBN 979-11-04-90367-0 04810
ISBN 979-11-04-90315-1 (세트)

현대 도술사

묵련 장편 소설

FUSION FANTASTIC STORY

3

CONTENTS

제1장
복수전

한여름 해풍이 불어오는 해남 앞바다.

유하는 이곳에 텐트를 치고 잠시 숙고의 시간을 갖기로 했다.

자신을 무작정 따라온 정미주이긴 하지만 그래도 믿음과 신뢰를 가질 만한 시간이 필요했기 때문이다.

그녀는 지금 자신에게 일어났던 일에 대해서 도저히 믿을 수 없다는 표정을 짓고 있었다.

"…그러니까, 당신의 말에 따르자면 구름을 타고 신수를 부리는 도사가 진짜 존재한다는 말이군요?"

"직접 보고도 못 믿으십니까?"

"워낙 엄청난 일이니까 그렇죠."

유하는 이번 일을 풀어 나감에 있어 정미주와 자신의 신뢰 관계가 가장 중요하다고 생각했다.

두 사람은 아무런 연고도 없는 사이이기 때문에 서로를 믿고 의지할 만한 기점이 없었다.

때문에 그는 먼저 자신의 비밀을 공개하여 그녀에게 신뢰를 주려던 것이었다.

하지만 정작 유하의 비밀을 받아들이기엔 그녀의 충격은 이만저만 큰 것이 아닌 모양이었다.

상식적으로 사람이 구름을 타고 돌아다닌다는 것은 있을 수가 없는 것이기 때문이었다.

그러나 엄연히 이 모든 것은 사실이었으니 그녀가 믿지 않는다고 해서 변하는 것은 없었다.

그녀는 잠시 생각을 정리할 시간이 필요한 것 같았다.

"나에게 잠깐의 여유를 주세요. 그래야 생각이 정리될 것 같네요."

"좋습니다. 오늘 이곳에서 묵으면서 잘 생각해 보십시오. 내가 한 일이 과연 진실인지, 그리고 나를 믿어도 될지 말입니다."

"…알겠어요."

이윽고 유하는 그녀의 앞에 도술로 만들어진 모닥불을 피워낸다.

팟, 화르르륵!

"……."

"편안히 쉬기를 바랄게요."

"고맙습니다……."

끝까지 도술을 부리며 그녀에게 다가선 유하는 이내 돌아서 자라와 함께 잠자리에 들었다.

옛날, 정미주는 유치원에서 하늘을 날아다니는 도사에 대해서 들은 적이 있다.

아니, 어쩌면 이것은 엄연히 따지자면 한국에서 나고 자란 사람이라면 모두 다 아는 설화일 것이었다.

그녀는 지금까지 산타와 신선은 존재하지 않는다고 믿었지만, 이 상황이 꿈이 아니라면 산타도 실존할 수 있다는 소리였다.

"머리가 복잡하네……."

지금 그녀가 가장 심각하게 생각하는 것은 유하가 진짜로 믿을 만한 사람이냐는 것이다.

그저 도사라는 가면으로 자신을 꾸미고 위장하여 그녀의 뒤통수를 치려는 것이라면 사태가 심각해지기 때문이다.

그러나 어떻게 생각을 뒤집어 봐도 그가 가짜 도사일 가능성은 거의 제로에 가까웠다.

그렇다면 지금 이 상황에서 그녀가 믿어야 할 사람은 오로지 한 사람, 유하라는 소리였다.

그리고 무엇보다 그 역시 김치 장사를 하다 타격을 받았고, 그 타격 때문에 생계가 곤란해진 사람이었다.

절박함은 가장 믿을 만한 보증수표인 셈이니, 한번 도박을 걸어볼 만하다.

'그래, 이 세상에 이런 사람도 있고 저런 사람도 있게 마련이지.'

결국 그녀는 끝내 유하를 믿고 따라가기로 한다.

그녀는 곤히 잠들어버린 유하에게 다가가 말을 걸었다.

"이봐요, 눈을 좀 떠봐요."

하지만 아무리 흔들어도 그는 일어날 생각을 하지 않았고 급기야 그녀는 유하가 죽었다고 생각했다.

"저, 저기요?! 이봐요!"

바닷가에서 객사라니, 도사라는 말은 헛소리를 한 것이 분명했다.

그녀는 속으로 지금까지 자신이 생각했던 모든 것이 가짜라고 생각했고, 그대로 발걸음을 돌리려 했다.

그러나 그녀는 미처 두 발자국도 못가서 다시 등을 돌리게 되었다.

"내가 죽은 줄 알았습니까?"

"허, 허억!"

그녀는 불현듯 자신의 머리 위에서부터 들려오는 유하의 목소리 때문에 화들짝 놀라 그 자리에 주저앉고 만다.

"가, 강유하씨?!"

"네, 저 맞습니다. 마치 귀신이라도 본 것처럼 왜 그렇게 놀랍니까?"

"그, 그럼 안 놀라게 생겼어요?! 사람이 죽었는데!"

"그렇군요. 미안합니다. 저는 밖에서 잘 때 항상 이렇게 분신을 남겨두고 다른 곳에서 잡니다. 목숨이 아깝기 때문이죠."

"도사인데도 그런 것이 걱정 돼요?"

"두려움은 인간의 본능적인 감정입니다. 충실해도 괜찮아요. 사람이니까요."

"그, 그렇군요……."

단면적이긴 하지만 유하의 진면목을 본 것 같아서 기분이 좋아지는 그녀다.

"후……! 좋아요. 당신을 따라서 그 빌어먹을 놈들을 벗겨 먹기로 하지요."

"잘 생각한 겁니다."

"하지만 일이 잘못되어도 나의 신변을 지켜준다는 생각은 변하지 않기를 바라요."

"물론입니다."

꽤나 믿음이 가는 유하이지만 겉모습으로 사람을 판단했다가 피를 한두 번 본 것이 아닌 그녀로선 마음에 짐이 좀 남아 있었다.

하지만 이제 그녀는 확실히 유하가 나쁜 사람은 아니라는 것을 알게 된 것이었다.

"갑시다. 동료들을 소개해 줄게요."

"동료요?"

"가보면 압니다."

유하는 그녀를 데리고 해남에 위치한 작은 민박집으로 향한다.

*　　　*　　　*

전라남도 해남의 한 민박집, 네 남녀가 한 방에 들어가 술을 마시고 있다.

소주와 맥주, 거기에 간단한 안주로만 구성된 술자리는 딱히 작정하고 취하려는 자리는 아닌 것 같았다.

유하는 정미주와 준이치, 그리고 이재정을 한자리에 모아

놓고 자신이 지금까지 조사한 내용들을 정리해 나가기 시작했다.

"자, 다시 한 번 정리해봅시다. 그러니까, 정미주씨는 한탕 멋지게 하려다 발목을 잡혀 살인 용의자까지 된 것이고, 이재정씨는 그에 관련된 사건을 도와주었다?"

"뭐, 그런 셈이지요."

"그리고 준이치, 네놈은 그 수장으로부터 돈을 받고 사람을 죽인 것이고?"

"…그게 생업이니까요."

"흠……."

꼬리에 꼬리를 물고 구두로 사실만 확인했던 유하는 이제야 큰 그림이 짜 맞춰지는 것 같았다.

마치 오밀조밀한 개미집처럼 얽히고설킨 이 사건의 실마리는 이제 마지막 진실로 향한다.

"종합해 보자면 이 모든 것은 최성국이 꾸민 일이라는 것 아닙니까?"

"원인을 따지자면 그렇죠. 하지만 나를 비롯한 크루들은 범죄라는 사실을 알고도 이 일을 자행한 겁니다. 만약 벌을 받는다면 가장 먼저 받아야겠지요."

"뭐, 그건 나중에 차차 생각하기로 하고 당장 앞에 닥친 일부터 처리를 합시다."

"앞에 닥친 일이라니요?"

"우선 대장균 파동을 멈추고 최성국을 감옥에 처넣어야 우리 모두가 편해질 것 아닙니까?"

"뭐, 그건 그렇지요."

"그럼 그렇게 해야지요."

유하는 정미주에게 현재 작전이 이뤄지고 있는 장소에 대해 물었다.

"놈들은 지금 어디에서 먹고 자고 있습니까?"

"강북에 있는 모텔에서 작전을 펼치고 있어요. 아마도 이제 슬슬 개미들을 건드리기 위한 마지막 떡밥을 던지고 있겠지요."

"그렇다면 정확한 위치도 알고 있겠군요?"

"그렇긴 하지만 아직도 놈들이 그곳에 있을까요? 잘못하면 내가 위치를 발설할 수도 있을 텐데요?"

"아니요, 그렇지는 않을 겁니다. 최성국이라는 놈이 검사라면 그런 짓을 하지 않아도 됩니다. 당신이 경찰에 잡히면 분명 어떤 수를 써서라도 증거를 인멸하려 들 것이고, 만약 신문사에 투고하면 그제야 정리를 할 겁니다. 어차피 지금 경찰은 그의 편이니까요."

"으음……."

유하는 이재정을 바라보며 물었다.

"속죄를 하고 싶다고 했습니까?"

"물론입니다."

"그렇다면 내가 기회를 드리지요. 내가 시키는 일을 제대로 마무리한다면 아마도 마음속 깊은 곳에 쌓여있던 응어리가 풀리게 될 겁니다."

"…그럴까요?"

"이번 사건으로 인해 배 아파 죽은 사람보다 목을 매달아 죽은 사람이 더 많을 겁니다. 아실지는 모르겠습니다만, 먹거리 시장에 대장균 파동이 돌면 여러 사람이 죽습니다. 생계가 막막해진다는 것, 어떤 느낌인지 잘 아시겠지요?"

"하긴……."

"그들을 구제하는 것만이 당신이 구원받을 수 있는 유일한 방법입니다. 잘 생각해 보십시오. 무엇이 최선인지."

그는 이내 고개를 끄덕인다.

"좋습니다. 당신이 시키는 대로 움직이겠습니다. 속죄를 할 수 있다면 못할 것도 없지요."

"그래요, 훌륭한 자세입니다."

말을 맺은 유하는 곧바로 준이치를 바라보며 물었다.

"각오는 되어 있겠지?"

"죽으라면 죽는 시늉까지 다 하겠다고 말씀드렸습니다. 아무리 살인청부업을 일삼고 다녔어도 약속은 꼭 지키는 사람입니다. 걱정하지 마십시오."

"그래, 믿는다."

준이치는 어차피 유하가 없으면 평생 고자에 대머리로 살아야 할 팔자다.

지금 그가 하지 못할 일은 아무것도 없을 것이다.

이윽고 유하는 정미주를 바라보며 물었다.

"그 다음으론 당신의 도움이 필요합니다."

"저요?"

"그 자산관리사로서의 능력, 아직도 사용이 가능할까요?"

"…도망자 신세인데요?"

"지금 그대로의 이름 말고 차명으로 말입니다. 당신은 그동안의 경험과 노하우만 빌려주면 됩니다."

"무슨 소리신지요?"

유하는 자신의 노트북을 그녀에게 건네며 말했다.

"다시 한 번 작전을 펼치자는 겁니다. 물론, 이번에는 최성국을 한 타에 잡아들일 수 있는 방법을 동원해야겠지요?"

"그 방법이 무엇인가요?"

"역으로 놈을 치자는 것이지요. 성동격서, 몰라요?"

순간, 그녀가 양쪽 미간을 찌푸린다.

"설마, 역으로 작전을 펼치자는 건가요?"

"작전까진 아니고 진짜 백신 회사를 차리는 겁니다. 놈의

똥줄이 바짝바짝 타도록 말입니다."

그녀는 이제야 유하가 무슨 생각을 하는지 알 것 같았다.

"흠… 좋은 작전이군요. 하지만 진짜로 백신을 만들 때까지는 다소 시간이 걸릴 텐데요?"

"그래서 저 두 사람을 투입하는 것 아니겠습니까? 당분간 소동이 벌어지지 않도록 말입니다."

"그래요, 좋아요. 당신의 말처럼 크게 한탕 할 수 있는 사람들을 찾아볼게요."

"최대한 빠르고 신속하게 일을 진행해야 합니다. 잘못해서 놈들이 꼬리를 물어버리면 큰일이니까요."

"알겠어요."

이제 네 사람이 움직일 동선은 정해진 셈이었고, 유하는 곧장 대전으로 향한다.

*　　*　　*

정미주가 백신 회사에 투자할 재벌들을 알아보러 다니는 동안 유하는 민경준을 찾아갔다.

그는 대전교도소에서 이감되어 청송교도소에 수감이 되었는데, 얼굴이 꽤 많이 수척해져 있었다.

아마도 현재 전국을 강타한 슈퍼 대장균을 만들어낸 죄책

감 때문에 잠을 이루지 못하는 것 같았다.

유하는 지금까지 자신이 했던 일들을 그에게 털어놓으며 앞으로의 방안에 대해 논의하기로 했다.

그는 우선 정미주가 멀쩡히 살아 있다는 것에 무척이나 안심하는 것 같았다.

"…그녀는 나에게 유일한 희망과 같은 사람이었습니다. 만약 그녀가 죽었다면 난 진즉에 목을 맸을 겁니다."

"이제는 그럴 필요 없겠군요. 그녀가 최성국을 감옥으로 보내버릴 테니까요."

"후후, 정말 그랬으면 좋겠네요."

유하는 쓸쓸한 미소를 짓는 그에게 아주 진지한 표정으로 말했다.

"정말 그럴 수 있습니다. 우리에겐 그럴 만한 계획과 능력이 있어요."

"계획이라… 뭐, 그럴 수도 있겠지요. 하지만 최성국은 당신이 어떻게 할 수 있는 사람이 아니에요."

"길고 짧은 것은 대봐야 아는 일이고요."

그는 민경준에게 백신에 대한 얘기를 꺼내놓았다.

"듣자하니 슈퍼 대장균을 잡아낼 수 있는 백신이 있다고 들었습니다. 맞습니까?"

"그렇긴 하지만 완성 단계는 아닙니다. 아직 놈들이 유익

균까지 잡아먹지 않으리란 보장이 없기 때문이죠."

"하지만 확실한 것은 백신이 대장균을 품에 안고 죽는다는 것은 명백한 사실 아닙니까?"

"그렇지요."

유하는 자신이 구상했던 이론을 그에게 피력한다.

"만약 대장균이고 뭐고 대장에 있는 균들을 죄다 잡아먹는다면 어떻게 될까요?"

"뭐… 결국에는 대장에 아무것도 남아 있지 않게 되겠지요."

"대장이 텅텅 빈다고 해서 사람이 죽습니까?"

"그건 아니지만……."

"만에 하나 그 논개균이 높은 공격성을 가져 균사체들부터 잡아먹어 결국에는 대장균과 이로운 균까지 전부 다 잡아먹으면 게임은 끝나는 것 아니겠습니까?"

가만히 유하의 얘기를 듣고 있던 민경준은 천천히 고개를 끄덕인다.

"하긴, 그건 그렇군요. 이로운 균이고 뭐고 깡그리 다 잡아먹으면 남는 것이 없을 테니까요."

"바로 그겁니다. 제가 생각하기에 논개균은 완성이든 미완성이든, 균들을 전부 다 잡아먹는 최상위 포식자가 되면 그만입니다. 그 이후엔 대장에서 내보내도록 유도하면 치료가 가능하지 않겠어요?"

"오호라, 그렇군요! 그런 간단한 방법이⋯⋯."

지금까지 민경준은 변종 O−157만 잡는 백신을 개발하느라 거의 모든 시간을 할애하고 있었다.

하지만 발상을 조금만 바꾸어 슈퍼 대장균은 물론이고 장내의 모든 균이 다 죽어 없어진다면 대장은 깨끗하게 나을 수 있을 것이다.

물론, 대장출혈이나 염증 등을 치료하는 후처치가 필요하겠지만 이미 균사체가 다 죽은 이후엔 큰 문제가 되지 않는다.

유하는 민경준에게 아주 작은 롤 페이퍼로 된 자료들을 건넸다.

"이건 당신이 만들어두었던 백신의 자료들입니다. 이것을 가지고 연구를 진행한다면 백신을 만드는데 얼마나 걸릴까요?"

"내가 연구하던 것들을 가지고 백신을 계량한다면 일주일이면 충분히 백신을 만들 수 있습니다. 하지만 직접 연구를 해봐야 결과를 알 텐데⋯⋯."

"만약 제가 당신의 지시대로 연구를 진행하고 백신을 계량하면요?"

"불가능합니다. 전문가가 아니라면 절대로 성공할 수 없어요."

"당신을 대신해 연구를 해줄 사람은 아예 없는 겁니까?"

"흠……."

가만히 생각에 잠겨있던 그가 이내 조심스럽게 한 사람의 이름을 거론한다.

"명찬이와 함께 연구하던 시절, 우리의 동료가 한 명 더 있었습니다. 비록 연구 초반에 팀에서 빠져나가긴 했지만 의리가 있고 정의를 실현하는 데에 거침이 없지요. 혹시 그 친구라면 당신을 도와줄 수 있을지도 모르겠군요."

"그렇다면 제게 그 사람의 이름과 신상 명세를 주실 수 있습니까? 제가 설득해 보겠습니다."

"흠……."

"당신이 퍼뜨린 일이긴 합니다만, 이 사태를 진정시키지 않으면 내가 죽게 생겨서 하는 일입니다. 한번 잘 생각을 해보세요. 과연 어떤 것이 올바른 일인지."

그는 이내 고개를 끄덕인다.

"좋습니다. 당신의 말대로 그녀에게 연구를 부탁하도록 하지요."

민경준은 자신의 손가락을 입으로 물어뜯은 후, 피를 내어 롤 페이퍼 뒷면에 자신의 지문을 찍었다.

그리곤 자신의 친필로 이름을 적어 마무리하였다.

"소개장입니다. 이 정도면 그녀를 충분히 설득할 수 있을 겁니다."

"고맙습니다. 당신은 옳은 선택을 한 겁니다."

"부디 그러길 바랍니다."

이윽고 유하는 그에게 다음 방문을 기약하며 민경준의 옛 동료를 찾아 울산으로 향했다.

*　　　*　　　*

울산 신정동의 한 카페, 유하는 울산 과학대학교에서 생명 공학을 가르치고 있다는 윤지안을 만날 수 있었다.

처음 유하가 그녀를 찾아갔을 때엔 눈길도 주지 않더니, 쪽 지 한 장을 건네고 나니 태도가 돌변하여 약속부터 잡았다.

아무래도 그의 예상처럼 그녀는 김명찬, 민경준에게 강한 유대감을 가지고 있는 것이 분명했다.

그녀는 유하를 만나자마자 김명찬과 민경준에 대해 물었 다.

"경준이는 잘 있나요? 명찬이도 잘 있겠죠?"

유하는 아주 무거운 마음으로 그녀에게 김명찬과 민경준 의 소식을 전한다.

"이런 말씀 드려서 참으로 유감입니다만, 두 분 모두 잘 지 내지 못하십니다. 특히나 김명찬 씨는요."

"명찬이가 어째서……."

"운명하셨습니다. 살해당해서 콘크리트에 묻힌 채 발견되었지요."

"뭐, 뭐라고요?!'

윤지안은 친구의 죽음을 받아들일 수 없다는 듯이 고개를 가로저었다.

"그, 그럴 리가 없어요! 명찬이가 죽었다면 최소한 형사들이 나를 찾아왔어야 하는 거잖아요?!'

"용의자가 벌서 특정되었습니다. 그래서 당신에게 연락이 오지 않은 것이겠지요."

최성국은 정미주를 살인 용의자로 특정지어 전국에 몽타주를 배포하였지만, 그가 정확하게 누구를 죽였는지는 밝히지 못했다.

그것은 피해자 가족들의 동의를 얻어야 가능한 일이었기 때문이다.

결국 그녀는 친구의 죽음을 제대로 인지도 못 한 채 혼자서 외로운 타향살이를 이어나가고 있었던 것이다.

충격이 채 가시지도 않은 상황이었으나, 그녀는 계속해서 민경준에 대해 묻는다.

"그, 그럼 경준이는요? 경준이도 죽었나요?"

"아니요, 그는 아직 살아 있습니다. 하지만 누명을 쓴 채

감옥에 갇혀 있지요. 지금 청송교도소에 수감되어 있습니다."

그녀는 그가 수감되었다는 사실을 듣자마자 단박에 어떤 사정인지 눈치챈 것 같았다.

"검찰에서 손을 쓴 모양이군요. 경준이는 잘못이 없어요. 세균 무기를 개발한 것도 전부 정부의 지시였다고요."

"알고 있습니다. 그래서 그것을 명명백백히 밝히기 위해서 제가 이곳에 온 것 아니겠습니까?"

유하는 그녀에게 이번 대장균 파동에 대해 설명했다.

"아시다시피 두 사람은 세균 무기를 만들다가 제거되었습니다. 그 무기는 지금 전국을 강타한 슈퍼 대장균입니다."

그녀는 어느 정도는 예상했다는 듯이 고개를 끄덕인다.

"당시, 우리는 그 어떤 세균도 범접할 수 없는 균사체를 만들었습니다. 그중에 하나가 바로 대장균이었어요. 대장균으로도 충분히 사람을 죽일 수 있다고 생각했거든요."

"덕분에 그 세균은 전국으로 퍼져나가 지금에 이르게 되었습니다. 물론, 이 사건에서 민경준 씨는 잘못이 없지만요."

민경준을 두둔하는 유하에 대하여 그녀는 고개를 가로저으며 반박했다.

"아니요, 어찌되었건 균사체를 만들어낸 것 자체가 잘못이에요. 학자로서 그런 일에 가담해선 안 되는 일이었어요."

"하지만 학자로서의 기회이기도 했지요. 생물학의 발전을 위해서 자신들을 희생한 것이 아니겠습니까?"

"…궤변이에요. 그 어떤 경우에도 학문이 사람을 해치는 일이 벌어져선 안 됩니다."

그녀는 민경준의 피가 묻은 롤 페이퍼를 소중하게 자신의 품에 갈무리하며 말을 이었다.

"그나저나 경준이를 구하려 이곳까지 왔다니, 무슨 일이신지요?"

"저는 민경준 씨에게 백신을 만들 수 있는 데이터를 받고 있습니다. 하지만 저로선 백신을 완성시킬 수 없어요. 그래서 당신을 찾아온 겁니다."

"백신이라… 하지만 지금 이 사건의 용의자는 경준이가 아닌 것으로 알고 있는데요."

"표면적으론 그렇습니다만, 이 사건의 배후는 반드시 민준 씨를 희생시켜 사건을 무마하려 할 겁니다. 그 전에 배후를 모두 척결해야만 그를 살릴 수 있어요."

"하지만 백신을 만든다고 배후를 척결할 수 있을까요?"

"네, 그렇습니다. 제 목숨을 걸고 확신합니다."

"흠……."

그녀는 어떤 일을 결정할 때 상당히 심사숙고하는 스타일인 모양이었다.

그래서 친구의 사정을 듣고도 백신 제작에 참여하는 것을 살짝 꺼려하고 있었던 것이다.

하지만 민경준이 말했던 것처럼 그녀는 의리가 있고 신의가 두터운 사람이었다.

"좋아요. 당신을 따라서 연구를 진행하도록 하죠."

"감사합니다!"

"하지만 조건이 하나 있어요."

"말씀하십시오."

"명찬이를 살해한 범인을 꼭 잡아주세요. 부탁입니다."

"알겠습니다. 그를 잡아서 반드시 법의 심판을 받을 수 있도록 하지요."

그는 이제 백신을 개발해 줄 사람과 함께 본격적인 연구에 착수하기로 했다.

*   *   *

모텔 '장작'의 앞 골목, 이곳은 이제 가로등까지 제대로 작동하지 않아 어지간한 마을사람들도 일부러 피해서 다니는 길목이 되어버렸다.

그런 장작의 앞 골목에 두 개의 그림자가 드리워진다.

파밧!

하나는 상당히 기민하게 움직이고 있었고, 하나는 그 뒤를 아주 신중히 따르고 있었다.

그중에서 빠르고 신속하게 움직이던 그림자가 이내 모텔의 후면에 멈추어 섰다.

"이제부터는 벽을 타고 올라가도록 하지."

"벽을 타고 올라간다고? 분명 모텔의 지하에 그들의 숙소가 있다고 했던 것 같은데?"

"그렇긴 하지. 하지만 이대로 대놓고 모텔 지하로 들어가 컴퓨터와 핸드폰을 탈취하자는 건가?"

"아, 안 되나?"

이야기를 나누는 두 사람은 다름 아닌 준이치와 이재정이었다.

준이치는 아까부터 계속 말도 안 되는 소리만 해대는 이재정을 연신 구박했다.

"정신이 나간 모양이군. 그럴 것이라면 굳이 우리가 여기까지 왔겠나? 강유하가 잠입해서 놈들을 죄다 쓸어버렸겠지."

"하긴, 그런가?"

"당연한 소리를 하는군."

준이치는 유하를 상당히 싫어하지만 그의 능력이 얼마나 뛰어난지는 아주 잘 알고 있다.

그는 자신이 뒷골목에서 가장 싸움을 잘한다고 생각했지만, 그것은 아주 큰 오산이었다.

만약 준이치와 같은 스펙의 남자 네 명이 유하에게 덤빈다고 해도 그는 아주 가볍게 그들을 제압해낼 것이 분명하다.

한마디로 인간들 중에서 일대일로 유하를 이길 수 있는 사람은 아예 존재하지도 않는다는 소리였다.

그는 이재정을 그만 구박하고 모텔 벽을 오를 준비를 마쳤다.

"쓸데없는 소리 그만하고 이제 그만 이 벽을 오르자고."

"그래, 그러자고. 그런데 이 높은 벽을 도대체 어떻게 오르자는 거지?"

"다 방법이 있다. 나만 믿고 따라와."

준이치는 자신의 검은색 가방에서 로프와 갈고리를 꺼내들었고, 그것을 허리춤에 있던 사출기에 잘 고정시켰다.

그리곤 옥상에 간신히 매달려 있던 장작 모양의 간판 지지대를 향해 사출기 버튼을 눌렀다.

피잉!

촤라라라라라락!

"오, 오오!"

"벽을 오르는데 이만한 방법이 없지."

그는 이재정의 감탄을 뒤로한 채 사출기에 고정되어 있던 밧줄을 잡고 벽을 오르기 시작했다.

그러면서 그는 이재정에게 안전 고리를 건네며 말했다.

"너도 어서 올라."

"나, 나도?"

"그럼 안 오를 건가?"

"하, 하지만 나는 고소공포증이 있는데?"

"그래, 좋아. 그럼 이곳에 짱박혀 있다가 놈들에게 잡혀 평생 숨도 쉬지 말든지."

"제, 젠장!"

최성국에게 잡히면 그 즉시 경찰서행을 면치 못할 것이며 이 건물로 잠입하려 했다는 사실 때문에 분명 죽거나 불구가 될 것이다.

하여, 이재정은 지독한 고소공포증을 참아 내고 억지로 건물을 오르기로 한 것이었다.

"으으, 으으으으……!"

"쉿! 좀 닥치고 오를 수 없어?!"

"고, 고소공포증이 있다고!"

"그렇다고 여기서 왜 소리를 지르고 난리야?! 다 죽자는 거야?!"

"으으, 하지만……!"

그러나 고소공포증을 갖고 건물을 오른다는 것이 결코 쉬운 일은 아니었다.

준이치는 그에게 손수건을 하나 건넸다.

"이걸 물어라. 그리고 이가 부서져라 손수건을 물고 있다 보면 고소공포증이 좀 덜하게 될 거다."

"아, 알겠어."

재갈을 물리면 좀 나을까 싶어서 손수건을 건넨 준이치의 생각은 제대로 적중했다.

입을 뻥긋하지 않으니 자연적으로 소리도 지르지 못하게 된 것이었다.

"우욱, 우욱……."

"그래, 그렇게 닥치고 오르니 얼마나 좋아? 앞으론 자주 이 방법을 사용하라고."

"……."

이재정에겐 지옥 같은 시간이 지나가고 난 후, 두 사람은 드디어 옥상에 오를 수 있었다.

준이치는 옥상에 있던 환풍구의 입구를 뜯어낸 후 입구에 안전 고리를 걸고는 이내 거꾸로 환풍구를 역행하기 시작했다.

휘이이이잉—!

이재정은 그 자리에 앉아 노트북을 두 대 펼쳐 내려놓았다.

그리곤 USB를 노트북에 연결하여 휴대용 와이파이를 작동시켜 임시 광대역을 형성시켰다.

이제 준이치가 가지고 있을 스마트 기기들은 전부 인터넷에 연결되어 작동하게 될 것이다.

그는 이어마이크를 착용한 후에 준이치에게 무전을 보냈다.

"어때? 들리나?"

―아주 잘 들린다.

"좋아, 그럼 지금부터 아주 조용히 작전을 진행하자고."

―안 그래도 그러고 있다.

준이치는 최성국과 그의 동료들이 위치한 곳까지 침투하여 스마트폰과 컴퓨터에 접근할 것이다.

그렇게 되면 이재정이 그 안에 악성코드를 심어 좀비PC를 생성하게 될 것이다.

그 이후엔 원격으로 PC와 스마트폰을 조작할 수 있으니, 더 이상의 위험부담은 지지 않게 된다.

준이치는 정미주가 알려준 대로 각 멤버의 방을 돌아다니면서 스마트폰을 손에 넣었다.

그리곤 인터넷에 연결된 자신의 스마트폰과 직접 연결시켜 악성코드를 전송시켰다.

삐비비빅!

[데이터 전송 완료.]

악성코드가 심어지는 순간 그것은 이미 이재정의 것이 되기 때문에 흔적이 남을 리가 없다.

때문에 그는 굳이 다른 작업은 거치지 않고 오로지 악성코드를 심는데 주력할 수 있었다.

이재정은 순식간에 스마트폰을 점령하고 그 안에 악성코드가 심어진 흔적을 지워버렸다.

삐빅!

[데이터 전송 초기화.]

"좋군, 거의 다 되었어."

이제 준이치는 중앙컴퓨터가 있는 관리실로 들어섰고, 이곳에는 우회IP를 생성하는 서버들이 줄을 지어 늘어서 있었다.

─USB를 꽂겠다. 최대한 빨리 일을 처리할 수 있도록.

"걱정할 필요 없어."

당장이라도 악성코드 잠입을 성사시킬 준비가 된 그에게 이상한 소리가 들려온다.

부르르릉!

"…피곤해 죽겠군. 돈 벌기가 역시 쉽지 않아……."

이것은 분명 두 사람의 목소리가 아니었다.

'허, 허억!'

그는 재빨리 준이치에게 위험신호를 전달했다.

삐비비비비빅!

"놈들이 돌아왔다……!"

ㅡ뭐. 뭐라고……? 놈들은 집에 없는 것 아니었어?

"잠시 슈퍼를 다녀온 모양이지……."

ㅡ제기랄!

"아무튼 그곳에 잘 숨어 있어. 걸리면 곧바로 황천행이
다."

ㅡ너야말로.

준이치와 이재성은 숨을 죽인 채 서로의 동태를 살펴주었
다.

제2장
반격의 서막

늦은 밤, 염성환과 정철수는 잠도 오지 않는 김에 맥주라도 한잔 하고자 숙소를 나섰다.

하지만 핸드폰을 놓고 나오는 바람에 다시 되돌아 숙소로 향하고 있었다.

염성환은 자꾸 기억력이 나빠지는 정철수를 나무라는 듯이 말했다.

"…나이를 먹어서 기억력이 떨어졌으면 약을 먹어. 사람을 고생시키지 말고."

"나라고 좋아서 그랬냐. 헤이, 브라더, 나를 너무 원망하지는 말라고. 이게 다 빌어먹을 라마 때문이 아닌가?"

"그놈의 라마……."

정철수는 E사의 게임 S시티의 골수팬인데, 어려서부터 이 게임을 계속해왔다.

그곳의 마스코트이자 상징인 라마는 그가 가장 좋아하는 동물임과 동시에 걸핏하면 잘못을 떠넘기는 대상이기도 하다.

염성환은 매번 라마만 들먹거리는 그의 정신상태가 정상은 아니라고 생각하고 있었다.

하지만 딱히 함께 술을 마실 사람도 없는 이곳에서 버티기 위해선 그 미친 짓까지 받아주어야 한다.

혼자서 술을 마시는 것은 최성국이 허락하지 않았기 때문인데, 이것은 모두 정미주 때문이었다.

정미주가 팀을 이탈하는 바람에 최성국은 개인행동을 제한하도록 방침을 바꾼 것이었다.

이것은 팀의 와해를 막기 위함과 동시에 남은 크루들이 생존할 수 있는 방법이기도 했다.

염성환은 정철수와 함께 숙소로 다시 내려갔고, 놓고 온 핸드폰을 찾아낸다.

"여기에 있었군. 머리맡에 두고도 찾지를 못했으니, 내가 바보라는 것은 틀림이 없는 사실인 모양이야."

"알긴 아는군?"

"쳇, 너무 빨리 인정하는 것 아니야? 브라더."

"브라더는 무슨, 개소리 그만하고 빨리 나와. 이러다 시간을 너무 많이 허비하겠어."

"알겠다. 이제 슬슬 올라가자고."

정철수는 염성환과 함께 다시 계단을 오르려 했지만, 뭔가 찜찜한 느낌을 받고는 이내 돌아선다.

"잠깐, 우리 말고 또 누가 있는 것 같은데?"

"뭐? 그건 또 무슨 개소리야? 이 건물은 모든 부분이 폐쇄된 곳이라면서. 그런데 무슨 사람이 들어와?"

"그렇긴 한데……."

"어서 나가자. 이러다 날이 밝겠어."

"흠……."

끝까지 아지트에서 눈을 떼지 못하는 그를 두고 염성환이 먼저 발길을 옮겼다.

"됐다. 혼자 이곳에 남아서 있지도 않은 침입자나 잡으면서 놀라고."

"아, 아니다! 같이 가!"

결국 염성환을 따르기로 한 정철수는 재빨리 계단을 타고 다시 숙소를 빠져나갔다.

　　　　　*　　　*　　　*

　　정철수의 방 안에 숨어 있었던 준이치는 다시 환풍구를 타고 옥상으로 올라왔다.

　　먼지를 모두 뒤집어쓴 그는 안전 지역에 들어서자마자 가쁜 숨을 몰아쉰다.

　　"…제기랄, 보통은 아닌 놈이군. 내가 있다는 것을 어떻게 알았지?"

　　만약 염성환이 보채지 않았다면 지금쯤 그는 경찰서에서 폭언과 욕설을 들으며 수감 생활을 준비해야 할 것이었다.

　　그는 세삼 자신을 구해준 염성환이 기특하게 여겨질 정도였다.

　　그런 그가 무사히 돌아올 동안 이재성은 악성코드를 통하여 핸드폰 장악과 좀비PC 생성을 끝마친 상태였다.

　　"살아 있군."

　　"…내가 죽기를 바랐던 것처럼 말하는군."

　　"하하, 그럴 리가 있겠어? 브라더."

　　"재미있는 모양이군. 하지만 한 번만 더 주둥이를 잘못 놀렸다간 국물도 없을 줄 알아. 알겠어?"

　　"그래, 미안해. 그러니 진정하라고."

　　그제야 그는 화를 멈추고 이재성에게 성공 여부를 묻는다.

"그나저나 설치는 잘 되었나?"

"물론, 당연한 소리를."

이윽고 그는 자신의 컴퓨터를 이용해 스마트폰을 자유자재로 움직여본다.

따르르르르릉!

저 멀리서 그의 프로그램에 의해 핸드폰에 전화가 걸려온 것을 알 수 있었다.

전화가 걸려온 것처럼 꾸미는 것도 가능한 판에 다른 기능을 실행하는 것은 그리 어려운 일이 아닐 터였다.

"좋아, 이제 슬슬 돌아가 볼까?"

"좋지."

이내 그는 다시 로프를 타고 내려갔고, 이재성은 이를 질끈 물고 그 뒤를 따랐다.

*　　　*　　　*

늦은 밤, 모텔 장작의 컴퓨터는 주인들도 모르는 사이에 혼자 인터넷을 실행시켜 악성코드를 퍼뜨리기 시작했다.

10분에 100대 꼴로 감염을 시킨 악성코드들은 마치 좀비처럼 인터넷 접속망을 돌아다니면서 다른 컴퓨터들을 공격하기 시작했다.

이 중에 1/10은 백신으로 인해 치료가 되겠지만 그렇지 않은 PC들은 다시 다른 컴퓨터를 공격하여 또 다른 PC를 감염시킬 것이다.

그렇게 되면 무수히 많은 PC들이 한 IP를 타고 악성코드에 감염된 좀비부대로 재편성되는 셈이다.

한마디로 이 모든 컴퓨터들을 장악한 숙주는 손가락 하나로 엄청난 양의 트래킹을 쏟아낼 수 있다는 소리였다.

이런 좀비PC로 이뤄지는 인터넷 트래킹 공격은 전산망을 마비시키고, 그것으로 인해 서버가 먹통이 되어버린다.

일시적, 혹은 아주 약간의 지속성을 갖는 이 트래킹 공격은 인터넷 서버를 계속하여 유지해야 하는 인터넷 쇼핑몰이나 주식회사의 경우엔 크나큰 손실을 초래할 수도 있다.

하지만 이런 트래킹 공격은 주로 좀비PC들을 동원하기 때문에 그 출처를 파악하기가 힘들다.

이러한 공격을 디도스(DDos)라고 부른다.

최성국과 그의 크루들이 만들어둔 서버는 아주 조금씩 개미 투자자들이 주식을 매입하는 것처럼 보이도록 하기 위한 덫을 만드는 개미지옥이었다.

그렇기 때문에 위장IP를 사용하는 것은 물론이고, 엄청난 숫자의 컴퓨터들과 연결되어 있었다.

만약 이 정도의 규모라면 일시적으로 한 사이트를 마비시키는 것쯤은 큰 무리가 아닐 것이다.

이 모든 것을 가능케 한 사람은 바로 이재성, 그것을 지시한 사람은 유하였다.

유하는 이재성에게 좀비PC들이 제대로 움직이는지 성능시험을 부탁했다.

그러자, 이재성은 아주 간단한 디도스 공격으로 새벽에는 잘 가동되지 않는 쇼핑몰을 마비시켰다.

여성의류를 판매하는 이 쇼핑몰의 새벽 방문자는 100명 내외, 하지만 디도스 공격이 이어지자마자 무려 초당 3천 명이 넘는 방문자가 접속하기 시작했다.

삐비비비비빅―!

[서버 오류입니다. 잠시 후에 접속해 주십시오]

유하는 그를 새로운 시선으로 바라봤다.

"도대체 이런 재능을 가지고 그런 짓을 하면서 살아온 겁니까?"

"…해커가 설 수 있는 자리가 얼마나 되겠습니까? 잘해봐야 백신 회사에 취직하는 것밖엔 미래가 없지요."

"하지만 이건……."

그가 시연한 것은 상상 이상의 위력을 가진 무기로 변모하기에 충분한 것이었다.

그럼에도 불구하고 당사자는 1억에 영혼까지 팔아먹을 정도로 가난했다.

물론, 1억이 적은 돈은 아니었지만 영혼까지 팔아먹을 정도로 큰돈은 아닐 것이다.

유하는 그에게 물었다.

"혹시 나와 함께 계속 일하자고 한다면 함께 하겠습니까?"

"저는 범죄자입니다만?"

"그래서 지금 속죄를 하는 중 아닙니까? 이것으로 속죄하고 나면 나와 함께합시다. 그러면서 사회에 봉사활동도 하고요."

"하지만……."

"갱생은 별것이 아닙니다. 옳은 일을 하면서 사는 것이야 말로 갱생이지요."

그는 이내 고개를 끄덕인다.

"좋습니다. 당신이 원한다면 그렇게 하지요. 이 일이 잘 끝나면 내 생명의 은인과도 같은 사람이 될 테니."

"고맙습니다."

더 이상의 삼고초려 없이 인재를 얻은 유하는 기분이 좋은 상태로 다음 단계를 준비했다.

*   *   *

유하가 교도소를 오가면서 얻어낸 데이터들을 중심으로 백신의 기틀을 마련한 윤지안은 이제 곧 백신이 완성된다고 말했다.

이 소식을 들은 정미주는 드디어 회사를 출범시킬 수 있는 자산가를 만났다.

그는 미국계 건설 회사를 가진 천억 대 자산가였는데, 정미주의 제안을 듣자마자 흔쾌히 정미주의 제안에 수락했다.

하지만 그가 강조하길, 양천제약보다 먼저 선수를 치지 않으면 승산이 없다고 말했다.

한마디로 지금 유하가 벌이는 것보다 훨씬 더 강력한 무언가가 필요하다는 뜻이었다.

미국계 건설 회사를 가진 자산가는 아주 오래전부터 정미주에게 자산을 맡겼던 사업가로, 암흑적인 구석에 대해선 거의 통달한 사람이었다.

미국 이름으로는 사이먼 킴, 한국 이름으로 김형석은 그녀에게 자신이 아주 잘 아는 PD의 이름을 거론했다.

"혹시 수도방송국 서경국 PD에 대해서 아십니까?"

"그는 다큐멘터리 전문 연출가가 아닌가요?"

"그렇습니다. 최근에는 수도방송국 최고의 인기 시사 프로그램인 '진실은 어디에' 를 연출하고 있지요."

이름만 들어도 다 아는 프로그램에 스타 PD의 조합, 현재

'진실은 어디에'는 토요일 황금 시간대인 11시에 방송이 나가는데 시청률은 무려 15%나 독식하는 괴물 프로그램이다.

이 프로그램의 파급력은 생각보다 대단해서 여론은 물론이고 경찰과 검찰까지 움직이게 만든다.

때문에 항상 중립적인 자세로 확실한 증거가 없다면 절대로 방송을 내보내지 않는다.

이는 수도방송국이 '진실은 어디에'를 얼마나 공들여 제작하고 있는 알 수 있는 가장 좋은 척도인데, 저널리즘에 위배가 되는 방송은 아예 내보내지도 않을 정도였다.

또한, 모든 것은 전문가와 사건의 피해자와 피의자로만 구성하고 PD와 취재진은 오로지 얘기만 듣고 결과를 종합한다.

모든 판단은 시청자가 내리는 것이지만 방송국은 이미 팩트에 대해서 모든 것을 알고 있는 상태다.

만약 이 상태에서 시청자가 방송국과 다른 결론을 내린다고 해도 그것 역시 저널리즘이라고 생각하여 딱히 정정을 하지 않는다.

초반의 시청률 부진과 사회의 무관심을 꿋꿋이 이겨내고 이 자리까지 온 '진실은 어디에'는 최정상급 PD들과 작가진으로 구성된 막강 군단이다.

그들이 하고자 마음만 먹는다면 이 사건을 수사하는데 결정적인 역할을 하게 될 것이 분명했다.

김형석은 그의 명함을 건네며 말했다.

"내일 이 사람과 미팅을 가집시다. 그럼 당신의 얘기를 들어줄 지도 모릅니다."

"정말 그렇게 될까요?"

"물론입니다. 나는 당신이 제시한 증거들을 모두 확인했습니다. 나처럼 뒷골목에서 푹 썩은 사람은 팩트에 대한 감이 있어요. 이건 반드시 모함과 음모의 소용돌이 중간에 있는 사건입니다. 올바르게 풀린다면 나 역시 배당이 좀 세게 떨어지겠지요. 내가 도박을 한다는 것은 이것을 확신한다는 겁니다."

김형석은 지금까지 암흑가에서 사업을 펼치면서 30년 동안 단 한 번도 실패한 적이 없는 사람이다.

암흑가의 특성상 사업이 망하는 일은 비일비재하며, 잘못하면 입에 풀칠도 못하는 것이 사실이다.

그럼에도 불구하고 그가 미국계 건설 회사를 인수할 수 있었던 것은 뛰어난 분석력 덕분이었다.

그는 확실하지 않은 것은 아예 신경도 쓰지 않으며 확률이 낮은 도박에는 결코 배팅을 하지 않는다.

김형석은 그녀의 어깨에 손을 올리며 말했다.

"이번에 제대로 한탕 터뜨립시다. 기왕지사 돈을 버는 것인데, 나쁜 놈을 확 담가버리는 것도 나쁘지는 않을 것 같습니다."

"알겠습니다. 그럼 그 사람을 만나서 한번 상담을 해보겠습니다."

그녀는 나름대로 큰 다짐을 하고 있었지만, 그는 이내 고개를 가로저었다.

"아니요, 그것으론 부족합니다. 아예 그 사람을 당신의 편으로 만들어야 합니다. 그래야지 일이 쉽게 풀려요."

"흠……."

"하지만 그에게 향락이나 향응은 오히려 독이 됩니다. 또한, 물질과 아첨도 절대 금물이지요. 그는 뼛속까지 저널리즘이 뿌리박힌 진짜 방송인입니다. 잘못 건드렸다간 당신이 초상을 치를 수도 있으니 조심하세요."

"알겠습니다. 그렇게 하지요."

그녀는 과연 그를 어떻게 자신의 편으로 끌어들일지 깊은 고민에 빠져들기 시작했다.

* * *

서울중앙검찰청 내부 최성국의 사무실, 이곳에는 그의 부하직원들과 형사들이 모여 있다.

그는 아주 푸석푸석한 목소리로 말했다.

"…도대체 잡아들이라고 명령한 지가 언제인데 아직까지

꾸물거리고 있는 건가?"

"그, 그것이……."

"내가 가장 싫어하는 것이 무엇이지?"

"…핑계입니다."

"그런데도 내 앞에서 감히 핑계를 대? 정말 옷 벗고 싶은 건가?"

"죄, 죄송합니다!"

5명의 검사와 수많은 형사들은 도저히 고개를 들지 못하고 있었다.

최성국은 정미주를 눈앞에서 놓치고 난 후부터 자신의 인맥을 동원해 실책을 범한 검사들과 경찰들을 줄줄이 좌천시켰다.

지금 서울중앙지검에 남아 있는 검사들 중 상당수가 고등검찰청과 대검찰청에서 파견을 나온 인력인데, 지방검찰청에서 인력을 새로 뽑아 올리기 전까지 업무를 대신하고 있었다.

그 이유는 바로 최성국의 폭정 때문이었는데, 인사 발령을 지방으로 내버리거나 부서를 억지로 옮기는 등의 부조리가 계속되었다.

그럼에도 불구하고 최성국의 공포정치가 멈추지 않고 계속해서 이어지는 것은 순전히 그의 인맥 때문이었다.

검찰청은 물론이고 국회의원까지 두루 인맥을 넓혀놓은

최성국이기 때문에 마음만 먹으면 사람 하나 좌천시키는 것은 일도 아니었다.

그렇기 때문에 경력이 오래되지 않은 신입 검사들은 그의 앞에만 서면 오금이 저렸다.

최성국은 검사생활 5년 차인 지양호에게 물었다.

"이봐, 지 검사."

"예, 과장님!"

"자네는 지금 이 상황을 어떻게 타계해야 한다고 생각하나? 고작 계집 하나 잡겠다고 동원한 병력이 벌써 만 명이 넘어. 이렇게까지 크게 판을 벌여 놓고도 잡지 못하면 우리는 과연 어떻게 될까?"

"…얼굴을 들고 다닐 수 없겠지요."

그는 지양호의 대답이 마음에 들지 않았던지, 양쪽 미간을 사납게 찌푸린다.

"얼굴? 지금 얼굴이라고 했나? 지금 내가 고작 쪽팔려서 이러고 있는 것 같아?!"

"죄, 죄송합니다! 제 생각이 짧았습니다!"

"그년을 못 잡으면 우리는 다 죽는 거야. 알아? 다 죽는다고!"

"시, 시정하겠습니다!"

최성국은 그렇게 출세 가도를 잘 닦아두고도 지금껏 심사에서 일부러 자신을 열 번이나 탈락시켰다.

　최연소 부장검사는 물론이고 대검찰 감찰부에서도 스카우트 제안을 받았던 그는 번번이 권력에서 물러나려는 제스처를 취했다.

　때문에 고위직 검사들에게 더욱도 신임을 받을 수 있었던 것이다.

　하지만 그 속내는 최대한 눈에 띄지 않도록 행동하여 작전을 조금 더 효율적으로 진행하려는 의도가 숨어 있었다.

　한마디로 그는 돈 때문에 명예와 권력을 버렸던 것이다.

　그는 자리에서 조용히 일어나 지양호의 멱살을 틀어쥐며 말했다.

　꽈드득!

　"못 잡으면 다 죽는 거다. 그렇게 알아……."

　"예, 예, 알겠습니다!"

　"만약 이번 주 내로 결판을 짓지 못하면 너희들과 나는 함께 옷을 벗는다. 그렇지 않으면 기관총으로 다 쏴서 죽여 버리는 수가 있어!"

　"예, 과장님!"

　최성국은 휘하의 부하들을 모두 내보낸 후, 홀로 남은 사무실에 앉아 담배를 피워 물었다.

　"후우… 답답하군."

그는 나름대로 정미주에 대해서 잘 안다고 생각했지만 그것은 또 아니었던 모양이다.

정미주가 잘 다니는 골목은 물론이고 주변 사람들까지 전부 다 훑었지만 나오는 것은 쭉정이뿐이었다.

지금 그녀가 죽었는지 살았는지 알 방도는 없었지만, 확실한 것은 설령 그녀가 죽었더라도 그 시신이 다른 사람에게 발견되면 큰일이라는 것이다.

그녀 자체가 엄청나게 중요한 증거가 되는 이 상황에서 다른 쪽에서 시신을 가로채면 사태를 수습할 시간 따윈 없어지기 때문이다.

"빌어먹을 년……! 도대체 어디서 뭘 하고 있는 거야?"

답답한 마음을 담배 한 개비로 달래고 있던 그에게 한 통의 전화가 걸려왔다.

따르르르릉!

[외국 놈]

정철수에게서 전화가 걸려왔음에, 그는 다소 짜증스럽게 전화를 받았다.

"뭐야?"

―어, 어이, 브라더! 지금 어디야?

"어디긴, 사무실이지."

다급한 목소리의 정철수, 그는 마치 무언가에 쫓기듯 물었다.

─아직도 사무실이야? 그럼 지금 이 사태에 대해선 아직 모르고 있겠군.

"무슨 소리야? 사태라니."

─우리 말고 다른 기업에서 슈퍼 대장균을 잡아먹는 백신을 개발했어. 알고 있었어?

순간, 그의 표정이 싸늘하게 굳어졌다.

"…뭐라고? 그건 오로지 양천제약에서 만들어진 균사체로만 가능한 일 아니었나?"

─나야 모르지. 그 균사체를 만들어낸 놈이 아니니까.

"제기랄!"

아직까지 이들은 개미로 위장하여 양천제약의 주가를 계속해서 올리고 있는 중이었다.

현재 양천제약의 주가는 무려 100배 가까이 뛰었으며, 심지어는 제약회사들 중 가장 높은 수익률을 자랑하는 블루칩으로 떠올랐다.

하지만 지금 그들은 정식 출시를 한 것이 아니기 때문에 잘못하면 주가가 떨어지는 사태가 벌어질 수도 있다.

"그놈들의 이름이 뭐야?"

─미국계 제약회사라는데, 정확한 이름은 알려진 바가 없어.

"뭐야? 그럼 단순한 찌라시라는 거야?"

―그건 아닌 것 같아. 신문사 네 개가 동시에 일면에 기사를 내걸었거든.

"도대체 이게 무슨……."

이제 정말 잘못하면 주식이 반 토막이 나서 구제가 불가능할 수도 있다.

"별 수 없지. 일단 매입량을 올리는 것이 좋겠어. 주가가 떨어지지 않도록 현상을 유지시키고 상황을 지켜보자고."

―그 이후엔 어쩌지?

"어쩌긴 뭘 어째? 아직 만족할 만한 상황은 아니지만 주식을 팔아치워야지."

―알겠어. 그럼 그렇게 준비하도록 할게.

그에게 지시 사항을 모두 전달한 최성국이 불현듯 전화기를 끊지 않고 붙잡았다.

"아참, 그리고 또 한 가지."

―뭔데?

"돈은 예정대로 한 통장으로 받아서 브로커에게 채권으로 바꾸어 배분할 것이다. 하지만 우리는 각자 다른 지방으로 흩어진다. 나 역시 한국에 남아 있지 않을 거고."

―그게 무슨 소리야?

"알아서 자신이 살길을 도모하라는 소리지. 내 말이 무슨 뜻인지 모르겠어?"

―괜히 몰려다니면서 잡히지 말자는 것이군.

"물론이다. 멍청하게 무리를 지어 다니면 금방 인터폴에게 덜미가 잡힐 것이다. 그러니 단단히 방비를 해두어야 해."

―좋아. 크루들에게 똑같이 전해두지.

"그래, 수고해라."

사태가 점점 다급해짐에 따라 그는 자신이 도망갈 길을 모색해놓기로 했다.

*　　　*　　　*

동대문 뒷골목, 최성국은 위조 여권과 가짜 신분증을 구매하기 위해 브로커를 찾았다.

그는 외국에서 진짜 신분을 싼 값에 구매해서 한국으로 들여오는 브로커인데, 대부분 노숙자들이나 실종자들의 신분을 위조하여 판매한다.

거리의 노숙자들에게서 신분증을 한화 100만 원가량을 주고 구매한 후에 사진을 바꿔치기 하는 방식이다.

대부분 전산에는 해당 인물의 사진과 지문만 검색이 되기 때문에 지문만 잘 위조하면 영주권을 갖는 것도 무리는 아니다.

특히나 미국, 영국 같은 선진국이 아니라 몽골이나 파키스

탄 같은 제3국일 경우엔 밀입국이 더 쉬워진다.

이번에 그가 구매할 신분은 총 20개, 그 가격만 무려 20억이 넘는다.

브로커는 인터넷 전산의 본인 확인 시스템을 이용하여 해당 신분이 모두 같은 사람의 얼굴인 것을 확인시켜준다.

"말씀하신 대로 모두 다 같은 얼굴로 위장시켰습니다. 다만, 해당 신분을 사용할 때엔 최대한 한국인이 아닌 것처럼 행동하셔야 합니다."

"물론."

주민등록에 나오는 전산 ID의 사진에도 최성국의 사진이 올라가 있으니, 아마 당분간 신분이 탄로 나는 일은 없을 터였다.

그는 무기명채권 25억을 건네며 말했다.

"5억은 항공편과 배편을 구하는데 사용할 수수료다. 가능하겠나?"

"뭐, 이 정도 돈이면 충분합니다. 어디까지 가실 겁니까?"

"부다페스트."

"알겠습니다. 부다페스트까지 가는 항공편과 배편을 함께 구해 드리지요. 하나는 민간항공, 하나는 밀항선입니다. 하지만 밀항선치곤 시설이 꽤나 괜찮을 겁니다."

"좋아, 그것으로 하지."

브로커는 자신의 사무실 벽에 걸려있는 허름한 달력을 바라보며 물었다.

"어떤 날이 좋겠습니까?"

"일주일 후, 울산에서 떠나는 것으로 하지."

"알겠습니다. 그럼 일주일 후, 새벽 세 시쯤 출발하는 쪽으로 구해보겠습니다."

그는 이내 자리에서 일어섰고, 브로커는 그와 동시에 비행기와 배편을 수소문하기 시작한다.

최성국은 그가 열심히 일하는 것을 확인한 후에서야 브로커의 사무실을 나섰다.

쏴아아아아—!

어느 새 동대문에는 비가 내리고 있었고, 그는 어두컴컴한 골목길을 지나 지하철로 향한다.

하지만 바로 그때, 어디선가 익숙한 목소리들이 들려온다.

"정말 이곳에 맞아요?"

"그래요, 맞아요. 믿을 만한 정보통이니 속은 셈 치고 가보시지요."

"뭐, 그렇다면야……."

숨을 죽여 대화를 나누고 있는 두 사람, 그들은 다름 아닌 지양호와 수사관 임성학이었다.

그는 재빨리 몸을 숨긴 후, 그들에게 시선을 고정시킨다.

'빌어먹을, 도대체 이곳에는 왜 온 것이지?'

최성국은 분명 그들에게 정미주에 대한 조사를 지시했다. 그런 그들이 이곳까지 왔다는 것은 쉽사리 이해가 불가능한 상황이었다.

그는 가만히 두 사람의 동행을 관찰하기 시작한다.

지양호는 아까부터 수사관 임성학을 계속해서 설득하고 있었는데, 아무래도 그와 함께 대단한 단서를 쫓고 있는 것 같았다.

자꾸만 쪽지를 들여다보며 길을 걸어가던 지양호가 브로커의 집 앞에 멈추어 섰다.

"여기입니다. 이곳이 신분 세탁을 해주는 집이랍니다."

"그래요? 그냥 구두 수선집인 것 같은데요?"

"그거야 직접 들어가 보면 알 것이고요."

이윽고 그는 브로커의 집에 인기척을 낸다.

쿵쿵쿵!

"계세요?! 구두 좀 수선합시다!"

그의 부름에도 브로커는 좀처럼 모습을 드러내지 않았고, 임성학은 답답하다는 듯이 그를 밀어냈다.

"됐습니다. 제가 할게요."

"아아, 그러실래요?"

두 사람은 벌써 5년째 같이 붙어 다니며 사건을 수사하고 있는데, 형사 생활 20년 차인 임성학은 행동으로 하는 거의 모든 것을 스스로 도맡아서 하는 편이다.

때문에 둘 사이는 제법 가까웠으며, 사석에서는 꽤나 각별하게 행동했다.

다만, 임성학의 성격이 워낙 걸걸하기 때문에 말이 곱게 나오지 않는다는 것이 흠이라면 흠이었다.

최성국은 두 콤비의 행동을 가만히 지켜보다가, 문득 자신이 주고 간 무기명채권이 떠올랐다.

'젠장…….'

그 무기명채권에는 아무런 신분이 기재되어 있지 않았지만 단 한 가지 단서가 있었다.

그것은 얼마 전, 그가 한 국회의원의 정적을 처리해 주는 과정에서 압수한 물건들이다.

때문에 검찰에는 여전히 그 일련번호가 남아 있었지만, 증거 자체는 이미 폐기된 것으로 처리되어 있었다.

만약 그가 무기명채권을 가지고 가서 조회한다면 충분히 덜미가 잡힐 수 있는 상황이었다.

최성국은 주머니에서 슬그머니 권총을 꺼내어 들었다.

철컥—

그는 자신이 검찰에서 지급 받은 권총은 사용하지 않고 미국에서 직수입한 글록 권총을 잡았다.

그리곤 총구에 권총용 소음기를 장착하여 격발 시 소리가 나지 않도록 조치했다.

'아까운 인재들이지만, 어쩔 수 없다.'

두 사람은 꽤나 유능한 검사와 조사관으로서, 최성국이 이 자리까지 오는데 꽤나 큰 공헌을 했었다.

하지만 이젠 더 이상 그들을 살려둘 수 없는 처지가 되어버린 것이다.

끼릭 끼릭—

권총에 소음기까지 전부 다 장착한 후, 가늠쇠로 임성학의 머리부터 겨냥한 그는 잠시 숨을 고른다.

"후우……."

이제 조용히 방아쇠만 당기면 두 사람 모두 황천길로 보낼 수 있을 것이다.

하지만 바로 그때, 최성국은 예상치도 못한 복병을 만나고 만다.

삐용 삐용—

"거기, 두 명! 지금 거기서 뭐하는 겁니까?!"

근방을 순찰하던 순찰차가 이곳에 멈추어섰고, 두 사람은 신분증을 꺼내어 제시했다.

"서울지검 지양호 검사입니다. 이쪽은 임성학 경장이고요."

"충성! 실례 많았습니다!"

"쉬세요."

임성학은 눈치도 없이 끼어든 두 사람을 잔뜩 꾸짖는다.

"너희들 어디 소속이야?"

"도, 동대문서 입니다!"

"이 새끼, 그럼 조성욱이 후배야?"

"예, 그렇습니다!"

"…빠져가지고! 조성욱이가 내 두 기수 후배야!"

"죄송합니다!"

"그만하시죠. 이 사람들이 뭘 압니까?"

"후우… 덕분에 초를 쳤으니 하는 말 아닙니까? 만약 저놈이 진짜 브로커였으면 진즉에 증거를 인멸하고도 남았을 시간입니다."

"그런 그렇지만……."

"하여간, 짬밥도 안 되는 것들이 더 설친다니까. 아주 이번 기회에 버릇을 확 고쳐?"

"죄, 죄송합니다!"

네 사람이 실랑이를 벌이는 사이, 최성국은 이내 조용히 자리를 빠져나왔다.

'제기랄, 덜미를 잡히지 말아야 할 텐데…….'

누군가 정보를 가지고 있다는 것, 그것은 용의자에겐 지옥이나 다름없는 일이다.

    그는 이제부터 저들이 별다른 증거를 찾아내지 못하기만
을 바랄 뿐이었다.

제3장
몰락한 귀족

한적한 토요일 오후, 정미주는 수도방송국 서경국 PD와 함께 이른 저녁을 먹고 있었다.

그녀는 커다란 뿔테 안경에 주근깨를 붙이고 있어서 원래의 아름다운 모습은 전혀 찾아볼 수 없었다.

만약 향응을 좋아하는 사람이라면 지금 이 몰골로는 비호감을 살 수밖에 없을 것이다.

하지만 그녀는 그에게서 성적 매력을 얻어내기 위해 자리를 만든 것이 아니었다.

그녀는 서경국의 신뢰를 얻기 위한 방법을 백방으로 물색

해 보았지만 딱히 떠오르는 방법이 없었다.

그래서 그녀는 정공법으로 나가기로 했었던 것이다.

"요즘 시사 프로그램을 하신다고요?"

"네, 그렇습니다. '진실은 어디에'를 연출하고 있습니다."

"힘드시겠군요. 듣자하니 팩트 하나만을 가지고 프로그램을 운영한다고 하던데."

"그게 저널리즘입니다. 만약 이것이 힘들다면 언론계를 떠나야지요."

"하긴, 그건 그렇겠군요."

방송 얘기로 운을 띄운 그녀는 자신의 신분증을 내밀며 말했다.

"혹시 K박사 살인 사건에 대해 아십니까?"

"잘 알지요."

"제가 그 용의자입니다."

그는 정미주의 신분증을 확인했고, 그제야 사진 속 그녀가 정미주임을 알아챘다.

"…살인 용의자가 이렇게 막 돌아다녀도 되는 겁니까?"

"제가 정말 살인을 저질렀다면 당연히 몸을 사려야겠지요. 하지만 저는 살인자가 아닙니다. 그저 작전으로 한탕 크게 해먹고 도망 다니려던 어리석은 여자에 불과하지요."

"흐음, 그러니까 당신의 말에 따르자면 지금 이 상황은 모두 거짓이라는 겁니까?"

"누명을 썼어요. 최성국 과장검사에 대해서 아시나요?"

"특수수사과 최성국 과장검사 말입니까?"

"네, 맞습니다. 아마도 당신에게 종종 일련의 협조를 공조했던 사람일 겁니다. 맞습니까?"

"그래요, 몇 번인가 이름을 들어본 적이 있지요."

"바로 그 사람입니다."

서경국은 그녀의 말에 고개를 갸웃거린다.

"최성국 과장검사가 꾸민 일이라니… 무슨 근거로 이런 소리를 하시는 겁니까?"

"저에게 증거들이 있어요. 하지만 검찰에서는 이 증거들을 받자마자 소각해 버릴 겁니다. 최성국이 중간에서 손을 쓸 테니까요."

그는 가만히 그녀를 바라보다 이내 자리에서 일어선다.

"갑시다."

"어디를요?"

최성국은 한 손에 계산서를 쥐고 있었는데, 다른 한 손에 쥐고 있던 전화기는 이미 꺼져 있었다.

"어딜 가긴요. 한 곳에 머물면서 얘기하는 것은 위험합니다. 우리 조연출의 집으로 가는 것이 좋겠습니다."

"그래요, 그렇게 하죠."

두 사람은 이내 식당을 나와 '진실은 어디에' 조연출의 집으로 향한다.

* * *

'진실은 어디에' 조연출은 서경국과는 무려 5년을 함께 일한 가족이다.

처음 그가 연출을 맡았던 프로그램의 막내로 방송국에 취직한 그는 차례대로 서경국과 믿음을 쌓아 조연출까지 맡게 되었다.

때문에 둘 사이의 유대감은 생각보다 훨씬 더 강하다고 할 수 있었다.

두 사람은 정미주가 가지고 온 증거들을 살펴보더니 이내 서로 얼굴을 마주보며 고개를 끄덕인다.

"진짜……."

"팩트다!"

그녀가 제시한 증거들은 최성국이 이번 작전주를 처음 설계했으며, 그를 위해 슈퍼 대장균까지 만들어냈다는 것을 입증하고 있었다.

그중에 몇 개는 정미주의 신변을 위협하는 것이었으나, 최소한 살인죄를 뒤집어쓰는 것보다는 나은 것이었다.

"자금을 출자해 준 사람들의 신상도 파악을 했습니다. 하지만 쉽사리 접근을 하려 들다간 큰코다칠 거예요. 신중에 신중을 기해야 하죠."

"그건 잘 알고 있습니다. 하지만 어떻게 방송 허가를 받아 내느냐가 중요한데……."

"그 전에 사건을 하나 터뜨릴 거예요."

"사건이요?"

"저는 양천제약이 결코 백신을 제조할 수 없다는 것을 알고 있어요. 지금 이대로라면 급속도로 균이 번져서 사태가 심각해지겠지요. 그래서 직접 백신을 개발했습니다. 물론 논개 균처럼 대장균만 골라서 잡아먹는 것은 아니지만, 대장균 박멸 99%를 달성할 수 있지요."

"흠……."

"그 균을 출시한 후, 인터넷 기사로 양천제약이 거짓을 보도하고 있다고 알릴 겁니다."

"하지만 그들이 미리 주식을 팔아 치우고 튀면 끝인데요?"

"그렇게는 못 할 겁니다. 제가 미리 손을 써두었거든요."

"그래요?"

그녀는 이 사건이 이슈화 되면 아무리 방송국장이라도 보도를 거부할 수는 없을 것임을 아주 잘 알고 있다.

국민들의 지대한 관심을 받고 있는 '진실은 어디에' 이기 때문에 시사국장이나 방송국장이라고 해도 함부로 건드릴 수 없는 것이 사실이었다.

만약 팩트만 확실하다면 그가 나설 자리는 거의 없을 것이 분명했다.

두 사람은 자신들의 방송 생활이 걸린 이번 사건을 직접 조사하기로 결정했다.

"좋습니다. 그럼 우리는 이 증거들을 가지고 직접 취재를 나서겠습니다. 특히나 말단 직원들은 모두 빼고 말이죠."

"일이 잘못되면 모든 것을 책임지겠다는 말인가요?"

"이런 일은 사람이 많으면 많을수록 거추장스러워질 뿐입니다. 우리 둘만 취재하고 편집하는 편이 나아요. 보안을 위해서도 그러고요."

"흠… 좋아요. 그럼 두 사람이 취재를 맡아주세요. 기간은 얼마나 걸릴까요?"

"아무리 길어도 삼 일이면 끝납니다."

"알겠어요. 그럼 우리는 이제 저들이 주식을 팔지 못하도록 브레이크를 걸어놓을게요."

"좋습니다. 그렇게 하자고요."

세 사람은 각자 결연한 의지를 되새겼다.

* * *

모텔 장작의 지하실, 최성국은 자신들의 크루를 모두 모았다.

그리고 이제 곧 이곳을 떠나 새로운 보금자리를 찾아가야 한다는 사실을 공표했다.

"검찰이 냄새를 맡은 것 같다. 아무래도 어서 자금을 유동시키고 한국을 뜨는 것이 좋겠어."

"하지만 우리가 원하는 기점까지 가려면 아직 멀었는데?"

"그래도 하는 수 없어. 작전이 흐지부지되는 한이 있어도 검찰에 구속될 수는 없어. 우리가 지금 기소를 당하면 어떻게 될 것 같아?"

"최소한 징역 10년?"

"…무기징역이 확실하다. 악의적으로 대장균을 퍼뜨린 것이기 때문에 아무리 변호를 잘해도 최소 25년이야. 죽기 직전에야 감옥에서 나온다는 소리지."

"젠장……."

최성국은 자신이 지금까지 쌓은 모래성이 언젠가는 무너질 것이라고 진즉에 예상하고 있었다.

하지만 영혼을 불태우겠다는 열정 하나만 가지고 이 모든 것을 행했던 것이다.

그러나 열정보다 더 큰 것은 일이 잘못되었을 경우에 돌아오는 타격에 대한 걱정이었다.

그는 이득보다는 안전을 추구하는 전략을 펼치기로 한다.

"당장 주식을 다 털어서 외국으로 떠야 한다. 내가 말했던 배편과 항공편은 준비했나?"

"물론. 하지만 모두 다 뿔뿔이 흩어지고 나면 돈은 누가 분배하나?"

"…전략을 바꾼다. 각자의 통장에 각각 돈을 챙긴다. 지분은 나누어 팔면 되니까."

"그렇게 되면 덜미가 잡힐 수도 있는데?"

"그럼 어쩌나? 잘못하면 모든 것이 수포로 돌아갈 수도 있는데."

"흠……."

지금까지 이 작전은 철저히 신뢰 관계를 바탕으로 효율적으로 엮여왔다.

때문에 조금 어긋난다고 해도 큰 문제가 되는 일은 없을 터였다. 하지만 지금과 같은 상황에서는 얘기가 다르다.

이 모든 것을 새롭게 조율할 사람은 다름 아닌 차트 관리인 염성환이다.

"그냥 예정대로 가지."

"한 통장에 돈을 몰아서 받자고?"

"그것이 훨씬 더 효율적이다. 아무리 돈 배분이 좋아도 위험을 감수하면서까지 통장을 배분할 필요 있겠나?"

"하지만……."

"더 이상의 차선책은 없다. 이것이 최선이야."

아무리 최성국이라고 해도 억지로 크루들을 몰아붙여 정책을 바꿀 수는 없었다.

때문에 그는 더 이상 그 어떤 말도 하지 못한 채 입을 다물고 있을 수밖에 없었다.

그 사이, 염성환은 불안에 떨고 있는 동료들에게 자신의 입장을 표명한다.

"지금까지 우리가 잘해온 것은 틀림이 없는 사실이야. 하지만 한 큐에 골로 갈 수도 있는 법이지. 그 위험을 감수하면서 일을 해온 것이지만, 괜히 잡혀서 물고를 당할 수는 없는 일 아닌가?"

"뭐, 그건 그렇지."

"만약 내 말에 반박하고 싶은 사람은 자신의 지분을 빼서 지금 나가면 된다. 그렇게 하면 잡힐 위험은 늘어나지만 돈은 안정적으로 받을 수 있게 되니까."

"…어려운 얘기군."

막상 작전을 시작할 때엔 도덕적인 문제에 부딪쳐 한 사람이 떨어져 나가더니, 이제는 돈 문제로 머리가 아프게 생겼다.

크루들은 일단 가장 큰 문제부터 해결하기로 한다.

"뭐, 다 좋은데 일단 주식을 팔아먹고 나서 이런 얘기를 해도 늦지는 않을 것 같아. 안 그래?"

"그건 그렇군."

"어차피 스위스 은행 계좌이기 때문에 추적이 불가능해. 그렇다면 주식을 팔아치우고 도망가는 동안 스마트폰으로 분배를 해도 상관이 없다는 소리지."

"그래, 맞는 얘기다."

이제 크루들은 최성국을 바라보며 일을 마무리 지을 것을 종용한다.

"슬슬 마침표를 찍자고. 당신이 말한 것처럼 더 이상 기다릴 수만은 없는 일이니까."

"그래, 좋아. 기왕지사 팔 것이라면 화끈하게 팔아버리자고."

최성국은 고개를 끄덕였다.

"좋아, 스마트폰으로 거래를 해서 끝내자. 아직 장이 마감되지 않았으니 시간은 충분해."

그는 공용 스마트폰으로 지정한 기기를 이용하여 주식거래 어플리케이션을 작동시켰다.

[안녕하십니까? 대성 주식입니다.]

지금까지 그들이 쌓아둔 주식은 대략 천억 대, 이 정도면 회사가 한 방에 도산하기에 충분한 금액이다.

하지만 이것을 판매하는 것은 순식간에 이뤄질 것이다.

그는 일제히 매도 신청을 보냈고, 이제 답신만 오면 계좌에 돈이 입금될 것이었다.

그러나 매도 신청에 대한 답신이 오질 않는다.

순간, 일동은 스마트폰을 바라보며 연신 고개를 갸웃거린다.

"이봐, 브라더. 그 기계 왜 그래?"

"이상하군…… 지금쯤이면 답신이 왔어야 정상인데."

그는 작살귀신 연정희에게 계좌 확인을 지시한다.

"계좌는? 돈이 들어왔나?"

"아, 아니……?"

"뭐야?! 이게 도대체 어떻게 된 거야?!"

순간, 주변의 분위기는 싸늘하게 얼어붙고 말았다.

바로 그때, 가장 먼저 신뢰의 관계를 깨고 이빨을 드러낸 사람이 있었다.

철컥!

"이런 씨발! 내가 이럴 줄 알았어!"

"닉?"

"닉은 개뿔, 이런 씨발! 네가 돈을 다 먹고 튀려고 했지?!"

정철수는 최성국에게 권총을 겨누었고, 이로서 팀은 두 갈래로 나뉘고 말았다.

철컥, 철컥!

"총 내려……."

"흥! 네 년이 최성국의 애첩이었던 모양이군. 어쩐지, 반반한 얼굴에 색기가 넘친다고 했더니!"

"개소리! 돈은 이 사람이 빼돌린 것이 아니야! 그러니 어서 총 내려!"

"지랄하지 마라! 내가 한 번 속지, 두 번 속을 것 같아?!"

"맞다!"

"염차장, 당신까지?!"

"뭐, 당신? 원래 돈 때문에 모인 사람들끼리 내숭 떨지 말자고. 우리는 이미 다 알고 있었어. 그렇지 않아? 이런 파티가 언제까지 계속될 것 같았나?"

"하지만 그래도 우리가 알아온 세월이 있잖아?"

"큭큭! 세월 같은 소리하고 자빠졌네! 우리가 진정 피를 나눈 형제처럼 신뢰 관계를 쌓았다면 지금과 같은 일이 벌어졌겠나? 애초에 믿음이 없었던 거야."

바로 그때, 최성국은 눈을 뜨고도 믿을 수 없는 사태에 봉착하고 말았다.

삐비비비빅—

[보호예수가 신청되었습니다]

순간, 일동은 눈이 터져라 동그랗게 뻥튀기 시켰다.

"어, 어라?!"

"이런 제기랄! 누군가 스마트폰을 해킹한 것이다! 다들 핸드폰을 꺼내봐!"

일동은 총을 내려놓고 핸드폰을 꺼내들었다.

핸드폰에는 일제히 자금줄을 보호예수가 신청되었다는 문자가 있었다.

그제야 그들은 서로가 배신한 것이 아니라 누군가 작전을 펼치고 있다는 것을 알 수 있었다.

"빌어먹을!"

"총을 내려라. 다들 정신 차려! 지금 너희들은 누군가에게 조종을 당하고 있는 거야!"

"제기랄! 그럴 리가 있나?! 세상에 스마트폰이 해킹을 당하다니, 말이나 되는 소리냐고?!"

"어찌되었건 주식이 풀리지 않은 것은 다행이다."

잠시 후, 최성국은 자신이 어째서 거래가 불발되었는지 알 수 있었다.

이윽고 그의 핸드폰으로 한 통의 문자가 도착했는데, 그것은 모든 상황을 설명해 주고 있었다.

[공인인증서 오류로 인한 거래정지, 보호예수가 자동신청되었습니다.]

"해킹을 당한 것이 확실하군. 하지만 놈은 OTP와 공인인증서를 뚫어내진 못한 것 같아. 그래서 보호예수가 신청된 것이고."

"그런 것이었군……."

그제야 제정신을 차린 정철수가 두 손을 번쩍 들며 말했다.

"오오, 미안! 브라더, 내가 제정신이 아니었나봐."

"…됐다. 이로서 서로의 결백이 입증된 것이니 상관없다. 당장 보호예수를 풀 궁리나 하자고."

"그래, 좋아."

그들은 스마트폰을 폐기 처분하고 PC방으로 가서 매도를 진행할 계획을 세웠다.

그렇게 된다면 최소한 해킹을 당해서 아이디와 비밀번호가 털리는 일은 없을 것이기 때문이다.

또한, 만약에 아이디가 해킹을 당해도 자금은 이미 넘어간 상태이기 때문에 뭘 어떻게 할 수는 없을 것이다.

"움직이자. 어서 보호예수를 풀고 작업을 실행할 PC방을 찾아봐."

"그래, 알겠다."

한차례 붕괴 위기를 맞았던 크루이지만 다시 그럭저럭 협동하는 모습이다.

하지만 이제 더 이상 그들은 예전의 믿음은 가지지 못하게 되었다.

이제부터 그들은 두 갈래로 나뉘어 피가 튀는 머리싸움을 펼치게 될 것이었다.

*   *   *

이재정의 스마트폰 해킹은 그야말로 상상 그 이상이었다.

개인의 모든 것이 담긴 스마트폰 해킹은 쉬운 일이 아니었지만, 그것을 원격으로 조작하는 것은 훨씬 더 힘든 일이다.

일각에선 원격 상담 시스템을 통하여 고객의 컴퓨터를 제어하는 일이 있으나, 스마트 폰을 원격으로 하는 것은 쉽지도 않을뿐더러 흔하지도 않다.

이재정은 그 까다롭고도 새로운 작업을 단 한 번 만에 성공시켜 낸 것이었다.

덕분에 시간을 벌게 된 유하는 신문사를 찾아다니며 자신이 모아 두었던 자료를 건넸다.

벌써 미국계 제약회사가 개발한 백신의 소문을 흘려놓았기 때문에 신문사들은 너 나 할 것 없이 유하의 떡밥을 덥석 물었다.

그리하여 유하가 김형석의 출자를 바탕으로 회사를 만들어냈고, 그 회사는 본격적으로 수면 위로 모습을 드러내게 되었다.

JS제약이라는 이름을 내걸게 된 이 회사는 미국계 사업가인 김형석의 자본이 섞였기 때문에 엄연히 미국계 회사였다.

때문에 주주들의 마음이 동하는 것은 당연지사였다.

또한, 이들이 개발한 백신은 이제 미국 식약청의 안전 인증을 통과하여 정식 출품이 가능하도록 등재되었다.

세계에서 기준이 가장 까다로운 미국 식약청의 허가는 아무나 얻어낼 수 있는 것이 아니다.

한마디로 이 물건들은 돈을 투자하는 족족 대박을 물어다 줄 제비와 같은 물건인 셈이었다.

유하는 이를 바탕으로 코스닥에 상장을 시켰고, 그 즉시 주주들이 대거 몰리기 시작했다.

양천제약이 지지부진하고 있던 가운데, JS제약이 치고 올라와 주주들의 마음을 흔들어놓았던 것이다.

덕분에 양천제약의 주가는 서서히 떨어지기 시작했고, 종국엔 1/10이 떨어져 나가는 상황이 벌어지고 말았다.

인터넷 신문에 대문짝만 하게 대서특필을 해놓은 유하는 곧장 다음 작전을 실행으로 옮긴다.

그것은 바로 TV에 양천제약의 진실을 알리는 일이었다.

토요일 밤, 여느 때와 같이 실제 사건을 파고들어 저널리즘을 완성시키는 '진실은 어디에' 가 방송된다.

빠바바바밤!

—시청자 여러분 안녕하십니까? 이준석입니다. 요즘 슈퍼 대장균 때문에 걱정이 많은 줄로 압니다. 그래서 오늘은 그 슈퍼 대장균과 치료제에 대해서 다뤄볼까 합니다.

'진실은 어디에'의 사회자 이준석은 아주 차분하게 오프 닝 멘트를 전달했고, 대본에 나와 있는 그대로 프로그램을 진행시켰다.

프로그램은 슈퍼 대장균이 어디서부터 왔는지에 대해 설명한다.

—우리가 잘 알고 있는 김치, 이 김치에서 대장균이 검출되었다고 보도가 되었습니다. 하지만 지금까지 김치는 부패가 되지 않는 세계의 몇 안 되는 발효 식품으로 인정을 받았습니다. 헌데, 그런 김치에서 대장균이 발견되었다? 우리는 그 사실이 진실인지부터 확인해 보기로 했습니다.

프로그램의 PD는 배추를 먹고 탈이 난 학교를 찾아가 급식에 사용된 김치 제조업체에 대해 수소문했다.

그리하여 약 10개의 업체들을 골라냈는데, 이들은 모두 하나같이 양심 업체로 선정되었거나 식약청에서 착한 업체로 선정된 곳이었다.

게다가 그들의 생산과정은 모두 통유리로 공개가 되어 있기 때문에 비리를 저지르려 해도 저지를 수가 없었다.

PD는 이 부분을 강조함과 동시에 배추가 과연 어디에서 온 것인지 취재했다.

—영월 공판에서 배추를 가져다 썼습니다.

—영월이요?

—아마도 배추가 가장 많이 생산되는 곳은 강원도 아닐까요? 저희도 다른 업체와 다르지 않습니다. 가장 배추가 많이 나는 곳에서 가져다 썼습니다.

—그렇군요.

PD는 이제 공장에서의 취재를 마무리 한 후, 곧장 영월로 올라가 공판장 분위기를 살핀다.

하지만 공판장은 이미 초상집과 같았고, 배추와 무는 하나도 찾아볼 수가 없었다.

진행자는 이 상황에서 잠시 화면을 접고 다른 곳으로 카메라를 돌렸다.

—대장균 하나로 모두가 초상집 분위기입니다. 하지만 그럼에도 불구하고 특수를 맞은 곳이 한 군데 있습니다. 바로 일명 '논개균' 을 개발한 제약회사입니다. 대장균 파동이 일어난 이후 지금, 이 제약회사의 주가는 무려 100배 가까이 뛰었습니다. 만약 이곳에 초기에 투자한 사람들은 돈방석에 앉을 것입니다. 하지만 문제는 이 모든 것이 약한 유리성과 같

다는 사실입니다.

이윽고 화면은 다시 바뀌어 한 CCTV의 화면으로 돌아간다.

—강원도 영월군의 공판장 CCTV화면입니다. 보시다시피 아무도 없는 공판장에 한 청년이 다가오더니, 이내 약을 치기 시작합니다. 이것은 약을 치던 청년의 동료였던 한 해커가 제공한 영상입니다. 해커가 CCTV를 해킹하는 도중에 저 청년은 정체불명의 약을 배포한 겁니다. 이 약, 과연 무엇일까요?

이제 다시 화면은 사회자에로 돌아왔다.

—보시다시피 이 모든 사건은 누군가 조작한 것이고, 철저히 짜여진 각본에 의해 벌어진 일이었습니다. 작전을 짜고 약을 친 사람들, 과연 그들은 누구일까요?

화면은 이제 양천제약이 만들어냈던 논개균에 집중 조명된다.

—이 사건의 실마리는 알 수 없는 구렁텅이 안에 들어가 있는 사람과 같습니다. 파헤치면 파헤칠수록 더 깊은 수렁으로 빠져 들어가지요. 하지만 한 가지 희망은 있습니다. 바로 이 균이 어디서 왔는지 알 수 있는 증거가 있기 때문입니다.

사회자는 화면에 나오는 물건을 가리키며 말했다.

—지금 보시는 이것이 바로 최초 슈퍼 대장균을 담아두었던 통이라고 합니다. 이것은 세균을 배양한 해커에 의해 공개되었습니다. 분석 결과, 안에는 정말 초기 형태의 슈퍼 대장

균이 들어 있었습니다. 그렇다면 이것이 어디에서 온 것인지 궁금하지 않을 수 없습니다.

그는 다시 화면을 바꾸어 화학물 운반에 사용되는 밀봉 용기의 일련번호를 공개했다.

―지금 보시는 일련번호는 주식회사 양천제약의 밀봉 용기의 것입니다. 이 용기의 일련번호와 일치하는 것은 다름 아닌 범죄에 사용되었던 용기입니다. 어떠십니까? 여러분이 보시기에도 상당히 많이 닮아 있지요?

서서히 흑막을 밝혀내는 사회사의 표정이 딱딱하게 굳어 간다.

―우리는 이 밀봉 용기가 다름 아닌 슈퍼 대장균의 치료제를 개발하고 있다던 양천제약의 것임을 어렵지 않게 알 수 있었습니다.

순간, 인터넷에는 양천제약의 이름이 실시간 검색어에 오르고 있었다. 그리고 주식을 매도하겠다는 예약 신청이 줄을 잇고 있었다.

아직 장이 열리지 않았지만, 만약 내일 장이 열리게 되면 분명 주식은 반 토막으로 쪼개질 것이 확실했다.

그는 이쯤에서 방송을 접고 다음 회로 카메라를 넘기기로 한다.

―이렇듯, 사실은 우리가 미처 알지도 못한 곳에 숨어 있었

습니다. 다음 주에는 이 양천제약과 실제로 백신을 개발했다는 미국계 제약회사 JS제약에 대해 알아보겠습니다.

방송은 이것으로 끝을 맺었으나 인터넷은 하루 종일 양천제약에 대한 소식으로 가득 차있었다.

*   *   *

같은 시각, 최성국은 자신이 가진 모든 자산을 처분하기 위해 매도 신청을 했으나 번번이 거절을 당하고 말았다.

이미 보호예수가 걸린 물품은 장이 열리고 난 후에 직접 본인 인증을 해야 해지가 됐기 때문이었다.

그는 자신의 앞뒤가 모두 꽉 막혀버렸음을 알 수 있었다.

"빌어먹을! 도대체 누가 나를……."

최성국은 이 모든 것이 정미주와 관련이 있다는 것을 어렵지 않게 짐작할 수 있었다.

하지만 지금 당장 그녀를 찾는 것은 불가능한 일이었다.

바다에 빠져 생사도 알 수 없는 그녀를 찾아다니느라 1만이 넘는 인력을 동원했지만, 모든 것은 수포로 돌아가 버렸다.

이제 그에게 남은 것이라곤 이 사태를 해결하기 위한 특단의 조치뿐이었다.

지금 나오고 있는 이 기사들을 전부 엎어버리는 것이었다.

그는 수도방송국 국장과의 약속을 잡기 위해 인맥을 동원하기로 결심했다.

아직까지 그의 이름이 거론되지는 않았기 때문에 지금이라도 엠바고를 걸어놓는다면 도망을 준비할 때까지 시간을 벌 수 있을 것이다.

하지만 그는 아주 뜻밖의 얘기를 듣게 되었다.

—자네와 만날 수 없다는군.

"그, 그게 무슨 말입니까? 국장님과 저는 꽤 오랜 세월을 알고 지냈습니다만."

—방송에 관련된 일이라고 말하니, 즉시 약속을 취소해 달라는군.

"그, 그런 말도 안 되는 일이⋯⋯!"

수도방송국장 문천식은 최성국이 꽤 많은 뇌물을 가져다 바치면서 일궈낸 인맥이었다.

모르긴 몰라도 그에게 가져다 준 돈만 해도 건물 한 채는 거뜬히 사고도 남을 것이었다.

그럼에도 불구하고 정작 어려울 때엔 고개를 돌리다니, 배신감이 이만저만이 아닌 최성국이다.

"이런 개새끼⋯⋯! 5년을 넘게 제삿밥을 먹여놓았다니, 이제 와서 나 몰라라 해?!"

그는 거칠게 전화를 끊은 후, 수사를 지시했던 지양수에게 전화를 걸었다.

"그년은 잡았나?"

—아니요, 아직 체포는 하지 못했습니다.

"체포는 하지 못했다?"

—여전히 용의자이긴 하지만 참고인으로서 가치가 높은 것 같아서요.

"참고인? 무슨……."

—당신이 작전을 꾸미고 다녔다는 것에 대한 참고인 말입니다. 그녀는 지금 저에게 모든 정황이 담긴 증거자료를 제출했습니다.

순간, 그는 딱딱하게 굳은 표정으로 입을 연다.

"자네, 지금 뭐라고 했나? 뭐가 어째?"

—잡아들여야 할 사람은 그녀가 아니라 당신이라는 소리입니다. 결국 김명찬 교수를 살해한 것도 당신인데, 그녀를 잡아서 뭘 어쩌겠습니까?

"……."

사면초가, 막다른 골목에 몰렸다는 것이 바로 이럴 때를 두고 하는 말인 모양이다.

그는 곧장 사무실을 빠져나와 비행기 티켓부터 챙겼다.

"빌어먹을, 빌어먹을!"

이렇게 된 이상, 출국 금지가 신청되기 전에 한국을 뜨는 수밖에 없다.

당장 눈앞의 이득은 놓치게 되겠지만, 그는 지금까지 비리로 벌어들인 돈이 꽤 많은 편이다.

크고 작은 작전을 성공시키며 벌어들인 돈으로 미국에 땅도 사두었으니, 이대로 종적을 감추기만 하면 그만일 것이다.

하지만 모든 일은 그의 뜻대로 돌아가지 않았다.

그가 서울에서 김포로 향하는 도중에 이미 체포 영장과 함께 출국 금지가 신청되었기 때문이다.

─해당 주민등록번호는 출국 금지입니다. 다른 번호를…….

"이런 젠장!"

전화로 표를 예매하려던 그는 재빨리 전화를 차 밖으로 던져버렸고, 그 길로 인천으로 향한다.

*　　　*　　　*

인천 연안부두의 한 횟집, 이곳에선 꽤 많은 손님들이 갓 잡은 생선회를 먹기 위해 줄을 서 있다.

하지만 회가 아닌 다른 것을 목적으로 둔 사람도 찾아오는데, 그 손님들이 진짜 돈을 벌어다주는 사람들이다.

최성국은 횟집 사장에게 돈다발을 건네며 말했다.

"부다페스트, 아니, 중국까지만 좀 갑시다."

"급한 모양이지요?"

"…그러니 이곳까지 온 것 아니겠습니까?"

지금 그에게 남은 것은 은행의 패스워드가 담긴 USB와 위조 신분증뿐이다. 약간의 현금이 있긴 하지만 지금 환전을 할수 없어 사용이 불가능한 미국 달러밖에 없다.

한마디로 지금 그에게 남은 것이라곤 탈출 후의 미래뿐이라는 소리다. 그의 간절한 표정을 읽은 브로커는 당장 가게의 문을 닫았다.

"갑시다. 중국까지 가자면 서둘러야 할 거요. 잘못하면 물때를 못 맞출 수도 있거든."

"좋소. 갑시다. 도착하는 대로 돈을 추가로 더 지불하도록하지."

이곳은 보통 사면초가에 몰리다 못해 죽기 일보 직전인 사람들이 찾는 부둣가다. 원래는 이런 곳 말고 꽤나 호화로운 여행을 즐기면서 밀항하려 했던 최성국이지만 상황이 여의치 않게 된 것이었다.

선주는 배에 시동을 걸기 위해 키를 챙겼고, 최성국은 가게에 있던 먹다 남은 소주병을 몇 개 챙겨 그를 뒤따른다.

제4장
정리

　연안 부두의 87번 선착장, 이곳은 잘 사용되지 않는 짐칸으로 유명한 곳이다.

　그럼에도 불구하고 가끔씩 선박이 오가기도 하는데, 대부분 그것은 중국이나 동남아로 떠나는 밀항선이다.

　원양 조업을 할 수 있는 자격증을 가지고 있는 그들이지만, 실제로 고기를 잡아오는 일은 드물다.

　대신, 이곳에서 사람을 데려다주고 그곳의 사람들을 데려다 한국으로 밀입국을 시켜주는 것이다.

　이 모든 것을 위장시키기 위해 그들은 중국에서 사들인 농어나 조기 같은 물고기를 창고에 잔뜩 싣고 온다.

물론 그 안에 사람도 타고 있지만, 아무리 눈치가 빠른 세관이라곤 해도 그것을 쉽게 구별해 낼 수가 없다.

휘이이이잉—!

냉기가 풀풀 나는 냉동고 안에 들어간 최성국은 선장이 준 담요 한 장으로 그 모진 추위를 이겨내고 있었다.

"으으, 으으으으......!"

그가 소주를 챙겨온 것은 술을 조금씩 나누어 마셔 추위를 잊어내려던 것이었다.

실제로 도수가 높은 술은 일시적으로 체온을 높이는데 효과적이기 때문에 러시아 극지방은 독한 독주가 많이 발달했다.

지금과 같은 상황이라면 아무리 소주라도 분명 도움이 될 터였다.

10분에 한 모금씩 소주를 넘긴다면 중국까지 충분히 버틸 수 있는 양, 그러나 최성국은 벌써 소주를 반이나 비워낸 상태였다.

꿀꺽, 꿀꺽!

"크흑! 제기랄!"

지금까지 그가 이루어냈던 모든 것들은 이제 바다 앞의 모래성처럼 산산이 부서져 내리고 있었다.

그에 대한 자괴감을 더 이상 버틸 수가 없어 술을 퍼마시고 있었던 것이다.

하지만 중국에서 돈을 찾아 다시 새로운 생활을 펼친다면 충분히 행복한 삶을 살아갈 수 있다.

지금까지 그가 챙긴 부당이득으로 따진다면 상하이의 갑부와 비교해도 손색이 없기 때문이다.

물질만능주의, 그는 이것만이 자신의 유일한 신조라고 믿고 있었다.

하지만 그런 그에게도 시련이 찾아오기 마련이다.

쿵쿵쿵!

"이봐요! 살아 있어요?!"

"무, 물론이오!"

"잘 되었군! 잠시 멈추었다가 가겠소! 앞에 해군의 고속정들이 돌아다니고 있어서 말이오!"

"고, 고속정?"

"걱정할 필요는 없소. 어차피 군인들은 어선을 검사하지 않으니."

"그, 그렇군……."

그나마 밖에서 들어오는 약간의 온기 덕분에 추위를 잠시 잊은 그가 다시 지하실로 들어간다.

"그럼 나는……."

"그래, 그곳에 가만히 숨어 있어요. 금방 도착할 테니까요."

"고맙소."

부유했던 그의 삶이 이렇게까지 나락으로 떨어지다니, 그의 머릿속에는 한 가지 생각뿐이다.

'빌어먹을 년……! 잡으면 아주 박살을 내버릴 테다!'

지금까지 돌아가는 상황을 지켜보면 아무리 생각해도 그녀가 배신을 했다고밖에 설명할 수가 없었다.

그렇다면 그녀를 제거하여 화근을 잘라버려야 하겠으나, 지금과 같은 상황에선 섣불리 앞에 나설 수는 없다.

이미 검찰이 그를 뒤쫓고 있기 때문에 한국으로 돌아갔다간 그대로 철창행이다.

잠시 후, 배가 멈추어 섰다.

드드륵…….

그리곤 밖에서 해군과 선장이 몇 마디 말을 나누는가 싶더니, 이내 '통과' 라는 소리가 들려온다.

선장의 말처럼 해군은 밀입국자를 거의 신경 쓰지 않는 분위기였고, 두 사람은 비교적 손쉽게 현장을 빠져나갈 수 있었다.

*　　　*　　　*

모텔 장작의 지하실, 이곳으로 60명가량의 경찰 병력이 투입된다.

작전을 총괄 지휘하는 사람은 서울 강북경찰서 이환수 경정으로, 빠른 대처로 수많은 사건을 처리한 엘리트 중의 엘리트다.

그는 무전기를 들고 부하들을 직접 진두지휘하며 지하실로 들어섰다.

"1팀, 좌로 우회해서 들어가고 2팀은 퇴로를 차단한다. 나머지 병력은 나와 함께 지하실을 급습하여 현장을 잡는다."

"예!"

각 팀장들은 부하들을 이끌고 곧장 걸음을 옮겼고, 그는 지하실로 내려가며 이내 권총을 꺼내들었다.

철컥!

"이 새끼들, 드디어 잡았다……!"

이환수 경정은 원래 이 사건의 담당이 아니었지만 자신이 스스로 자원하여 담당을 바꾸었다.

그것은 그가 전공을 올리려는 의도였다기보다는 개인적인 복수의 감정이 더 컸다.

그는 이번 사건으로 인하여 모친을 잃었고, 현재 그의 형제 세 명이 모두 병원 신세를 지고 있다.

때문에 지금 그의 분노는 하늘을 찌를 듯이 들끓고 있었던 것이다.

이환수는 경찰들을 독려하여 어두컴컴한 지하실에 더 빨리 돌입할 수 있도록 했다.

"움직여! 놈들이 도망가지 못하도록 퇴로를 차단한다!"

"예!"

아무것도 보이지 않는 어둠 속, 그는 선두에 서서 빠르게 발을 움직였다.

그러다 불현듯, 그의 눈앞을 스치는 무언가가 보였다.

"손 들어! 움직이면 쏜다!"

"…제기랄!"

그는 체포를 위해 일단 미란다원칙을 읊으려다 도망부터 치는 용의자를 바라보며 분노를 터뜨리고 만다.

"이런 씨발새끼!"

철컥, 타앙!

첫 번째 탄환은 공포탄이고 두 번째 탄환부터는 실탄이 발사된다.

그는 한 발을 발사하고 난 후, 두 번째 탄환부터는 쉬지 않고 전방을 향해 발사했다.

탕탕탕탕!

무려 다섯 발이나 발포된 총알은 신원미상 용의자의 어깨를 스치고 지나간다.

서걱!

"크헉!!"

"맞았다!"

복수심에 눈이 멀어버린 이환수는 당장 범인에게 달려가 나래차기를 날렸다.

퍼억!

"커흐으윽!"

"이런 개만도 못한 새끼!"

그는 납작 엎드린 남자의 얼굴을 확인했고, 그는 다름 아닌 정철수였다.

"겨, 경찰이 사람을 이렇게 쥐어 패도되는 건가?! 이건 미국에선 상상도 할 수 없는 일이라고!"

"지랄을 하고 자빠졌군! 미국이었다면 이미 너는 대가리가 날아갔을 거다!"

공권력이 제대로 힘을 발휘하는 미국인지라 경찰이 범인을 제압할 때엔 가차가 없다.

머리를 발로 차는 것은 기본이요, 만약 범인이 반항한 흔적이 있다면 총으로 쏴 죽였다고 해도 정당방위로 인정된다.

그만큼 미국은 범죄에 대한 혐오감이 남다르기 때문에 경찰의 활동에 상당히 관대한 편이다.

하지만 한국은 공포탄을 발사하는 것도 아주 복잡한 정황을 따져야 하는 실정이다.

그러나 이환수 경정은 그런 사소한 문제를 신경 쓸 겨를이 없었다.

그는 피를 한 바가지나 흘린 정철수의 멱살을 틀어쥐며 물었다.

"다른 놈들 어디 있어?! 이 무리의 리더인 최성국은 어디로 갔어!"

"그거야 나도 모르지. 바보가 아닌 이상 한국에 있지는 않을 걸?"

자신을 비꼬는 듯한 정철수의 말투에 이성을 잃어버린 그는 총상을 입은 어깨를 손가락으로 마구 후벼파기 시작한다.

사각, 사각!

"끄악, 끄아아아악!"

차마 눈을 뜨고 보기 힘든 광경이었으나, 경찰들은 모두 눈을 감아버렸다.

그들은 어머니를 잃은 것으로도 모자라 형제들까지 잃을 뻔한 이환수 경정의 심정을 너무나도 잘 알기 때문이었다.

오히려 경찰들은 입구를 봉쇄하고 혹시나 모를 CCTV의 존재를 찾아 나선다.

"폐쇄 회로가 있는지 확인하고 출입문을 봉쇄한다. 지원 병력은 더 이상 파견하지 말라고 알려라."

"예, 알겠습니다!"

이환수를 대신해 주변을 정리한 팀장들은 불을 켜고 그가 마음껏 고문할 수 있도록 배려한다.

"천천히 하십시오. 어차피 시간 많습니다."

"…고맙네."

이윽고 이환수는 권총 손잡이로 정철수의 콧잔등을 찍어 내린다.

빠악!

"끄아아악!"

"이런 개새끼, 한국 경찰을 물로 봐?!"

"그, 그게 아니고……."

"오늘 아주 죽여 달라고 하소연을 하도록 만들어주마!"

"사, 사람 살려!"

이환수는 그를 데리고 밀폐된 방으로 들어갔고, 경찰들은 문을 닫아버리곤 그 앞을 단단히 지켰다.

*　　*　　*

수도권 국제공항인 인천국제공항 앞으로 흰색 중형차가

빠르게 달려와 멈추어 선다.

끼이이익!

차에서 내린 사람은 다름 아닌 연정희였다.

그녀는 갑자기 말도 없이 사라져버린 최성국을 찾아다녔으나, 도저히 그 흔적을 찾을 수 없었다.

연정희는 다시 한 번 그의 핸드폰에 전화를 걸어본다.

[지금 고객님의 전화기의 전원이⋯⋯.]

"젠장! 혼자 튀어버린 건가?!"

두 사람은 연인 관계로서, 최성국에게 가장 먼저 작전을 진행하자고 제안을 받은 사람도 바로 연정희였다.

꽤나 오래도록 연인의 관계를 유지해 온 그녀로선 최성국의 소재가 가장 중요한 사항이었다.

그녀가 그의 소재가 궁금해한 것은 서로 오랫동안 알고 지낸 정도 있었으나, 그가 이번 작전에 사용된 자금을 모두 가지고 있었기 때문이다.

주식을 매집하여 얻은 수익금은 전부 그의 통장에 있기 때문에 그가 없이는 수익 배분을 할 수가 없다.

보호예수가 걸리긴 했으나 그 안에 들어있는 돈은 사용이 가능하기 때문에 외국으로 도망을 가도 큰 상관이 없다.

그녀는 자신의 주머니에서 영국으로 가는 비행기 티켓을 꺼내들었다.

"제기랄, 어쩔 수 없는 건가?"

만약 무슨 일이 생기게 되면 영국에서 보자고 얘기했던 그는 항상 비행기 티켓을 지니고 다니라고 말하곤 했다.

그래서 그녀는 최성국이 자주 가던 술집이나 여관 등을 뒤지고 난 후, 곧장 이곳 공항으로 왔던 것이다.

아마 별 일이 없다면 영국에서 그를 다시 만날 수 있을지도 모른다.

그녀는 곧장 상시예약제 티켓을 가지고 비행창구를 찾는다.

"예약 좀 할게요. 퍼스트 클래스로 한 자리 주세요."

"영국으로 가시는 비행기의 티켓을 드리면 되는 것이지요?"

"네, 그래요."

"잠시만 기다려주시겠습니까?"

공항사 직원은 그녀가 건넨 티켓의 일련번호를 조회해 본다.

삐빅!

컴퓨터에 무언가를 입력하고 그 결과를 확인한 그녀가 고개를 갸웃거린다.

"손님? 이것을 언제 예약하신 것이지요?"

"몇 달 전에 티켓을 제공하면 곧바로 자리를 배정받을 수 있도록 예약을 했어요. 정확한 날짜는 나도 몰라요."

"그렇군요."

값이 좀 비싸긴 하지만 언제 어디서나 퍼스트 클래스 티켓을 구할 수 있는 이 제도는 블랙카드의 고객만 사용할 수 있는 부가서비스다.

이 부가서비스에 필요한 것은 오로지 티켓 한 장이며, 비행기 값은 익일 카드로 청구되도록 되어 있다.

한마디로 그 서비스를 이용하는 즉시 모든 정보가 컴퓨터에 제공된다는 소리다.

한참을 그 자리에 서서 검색을 해보던 그녀가 이내 전화기를 들어 어디론가 통화를 시도한다.

그러면서 그녀는 연정희에게 잠시 기다리라는 말을 전한다.

"손님, 잠시만 기다려주시겠습니까? 본인 확인이 필요한 서비스라서요."

"알겠어요."

그녀는 별 생각 없이 항공사 직원의 지시에 따랐고, 잠시 후 그녀는 전화를 끊으며 말을 건다.

"곧 담당자가 온다고 하네요. 음료라도 드릴까요?"

"그래요. 사이다 한 잔 부탁할게요."

"네, 알겠습니다."

이윽고 그녀가 사이다를 가지러 간 사이, 공항에는 심상치 않은 분위기가 연출됐다.

삐용, 삐용!

공항 전체에 사이렌이 울리더니 이내 입구에서 경찰특공대 병력이 급파되기 시작했다.

그리곤 연정희에게 레이저 포인트를 겨눈다.

철컥!

"손들어! 움직이면 쏜다!"

"네, 네?"

"움직이면 쏜다! 두 손을 머리 위로 올리고 무릎을 꿇어라!"

"왜……?"

그녀는 별 수 없이 무릎을 꿇었고, 경찰특공대는 수갑과 케이블 타이를 꺼내어 그녀를 포박하기 시작한다.

철컥!지이이익!

"아, 아얏!"

"입 벌리지 마라! 입 뻥긋하면 발포하겠다!"

경찰특공대가 이런 식으로 범인을 다루는 것은 두 가지 이유밖에 없다.

체포대상이 테러 등의 심각한 범죄를 저질렀거나, 그에 준하는 범죄를 저지르고 도주를 계획했을 때였다.

포박을 끝낸 경찰특공대는 그녀에게 미란다원칙을 읊기 시작했다.

"연정희, 당신을 주가조작 및 유해 물질 살포 등의 혐의로 체포한다. 당신은 변호사를 선임할 수 있고 묵비권을 행사할 권리가 있다."

"유, 유해 물질?"

"신형 O—157의 살포가 입증되었다. 또한, 당신의 옛 동료가 전부 다 범죄를 시인했어. 더 이상 빠져나갈 수 있는 구멍은 없을 것이다."

"이, 이럴 수가……."

"끌고가자."

"예, 팀장님!"

경찰특공대는 특수 방탄차량에 그녀를 탑승시킨 후, 서울 중앙지검으로 향한다.

*　　　*　　　*

서울 MIP증권사, 장이 마무리 된 이곳은 벌써 불이 다 꺼져 사람의 흔적을 찾아볼 수 없었다.

하지만 단 한 사람, 염성환만큼은 칠흑 같은 어둠 속을 헤치며 온 사무실을 다 뒤지고 있었다.

그는 자신이 일하던 책상을 뒤져 지하 금고의 열쇠를 찾고 있다.

"여기 어디에 있을 텐데……!"

지금까지 염성환은 주가조작으로 벌어들인 돈을 전부 현금과 무기명채권으로 전환시켜 보관하고 있었다.

현금은 거의 모두 달러나 유로화, 그 어디를 가도 통용할 수 있도록 미리 손을 써두었다.

그리고 무기명채권은 한국 어느 은행을 가던지 대략 150억 상당의 현금으로 전환을 시킬 수 있었다.

만약 이 자금들만 제대로 회수한다면 그는 외국에서 떵떵거리며 살 수 있을 정도로 부자가 될 것이다.

물론, 2천억의 엄청난 돈을 포기해야 하는 아쉬움이 있긴 하지만 지금은 그런 것을 따질 겨를이 없었다.

검찰에서 이미 그를 찾기 위해 병력을 동원하고 있었고, 심지어 최성국은 출국 금지까지 내려진 상태였다.

이 모든 것은 '진실은 어디에'가 전 국민에게 방송을 퍼뜨린 결과로, 이미 관련 국회의원들까지 숨을 죽이고 있었다.

또한 이미 최성국은 연락이 닿지 않으며, 다른 동료들 역시 소재를 찾을 수 없었다.

어쩌면 지금 남은 사람은 그가 유일할 수도 있으며 경찰은 그의 자택까지 들이닥쳤을 것이다.

"제기랄!"

다급한 마음에 손까지 덜덜 떨며 서랍을 뒤지던 그의 손에 작은 열쇠가 하나 걸렸다.

짤랑!

"이, 이거다!"

USB형태로 된 열쇠는 전자 인식은 물론이고 홍채 인식과 지문 인식을 거친 후, 마지막 패스워드 입력을 위해 필요한 물건이었다.

그는 열쇠를 손에 넣자마자 엘리베이터를 타고 지하로 내려갔다.

엘리베이터에 오른 그는 지하 5층을 눌렀고, 엘리베이터가 빠르게 내려가는 순간에도 발을 동동 구르고 있다.

"젠장……! 오늘따라 엘리베이터가 왜 이렇게 느려?"

원래 엘리베이터가 이렇게 느렸던가 싶을 정도로 하강이 느려 속이 터져버릴 지경이었다.

하지만 어김없이 시간은 흘러 지하 5층에 엘리베이터가 도착했고, 그는 검은색 백팩을 맨 채 금고로 향한다.

증권사 금고는 한 사람에게 약 1~2평 남짓한 공간을 제공하는데, 한 달 보관료가 무려 1,000만 원에 달한다.

하지만 이 정도의 자금을 보관하면서 1,000만 원의 돈을 지불하는 것은 그리 아까운 일이 아니었다.

경찰에서도 그 덜미를 잡을 수 없을 정도로 비밀리에 격납이 가능한 창고이기 때문에 비자금을 조성한다고 해도 아무도 알 수가 없다.

아마 그가 이곳에 비자금을 숨겨두었다는 사실은 아무도 알지 못하고 있을 터였다.

그는 금고의 입구에 손가락을 가져다 대었고, 보안장치는 그의 체격과 골격을 분석하여 1차 보안을 해제시킨다.

―홍채 인식을 시작합니다. 한 차례 심호흡을 하시고 눈을 편하게 떠주시기 바랍니다.

삐빅, 삐빅!

그는 몸에 힘을 최대한 풀었고, 홍채 인식기는 그의 눈동자를 스캔하여 본인 인증을 완료한다.

띠릭!

―패스워드 USB를 연결해 주시기 바랍니다.

만약 지금 USB를 연결하지 않으면 사설 경호업체에서 병력 10명을 파견하여 그를 제압할 것이다.

하지만 그는 USB를 가지고 있으니 그럴 일은 없을 터였다.

띠링!

[해제되었습니다.]

두께 2m의 철갑으로 이뤄진 창고에 들어선 그는 단단히 봉인해 두었던 무기명채권과 현금을 챙기기 시작했다.

무기명채권은 1억 원씩 100장, 현금은 각각 한화로 500만 원 상당이었다.

나머지 금액들은 현지 은행에 현금으로 계좌이체가 되어 있기 때문에 금융전용 USB와 OTP만 있으면 현금화가 가능하다.

이제 그는 이 현금을 가지고 비행기를 타기만 하면 완벽하게 도망자로 살아갈 수 있다.

"좋아……!"

그는 이내 가방을 들쳐 매고 바로 위층에 있는 지하 주차장으로 향한다.

"거의 다 되었다!"

염성환의 차량은 그의 연인의 명의로 구매한 차량이기 때문에 그나마 안전하게 돌아다닐 수 있다.

아마도 그녀는 그의 오피스텔에서 기다리고 있을 테지만, 지금 그에겐 그런 사정은 안중에도 없었다.

일단 그가 살아야 연인도 챙길 수 있기 때문이다.

지하 4층으로 올라선 그는 CCTV를 요리조리 피해 구석에 세워두었던 차량에 탑승했고, 시동을 거는 데 성공한다.

부르르릉!

"조, 좋아!"

이제 그는 이곳을 나가 공항으로 질주할 것이고, 그동안 별 문제가 생기지 않기만을 바라면 된다.

부아아아앙!

힘껏 차량의 가속페달을 밟아 점차적으로 지상을 향해 올라가던 그는 반대편에서 차량들이 몰려오고 있음을 알 수 있었다.

"이런 미친놈들, 하필이면 반대에서⋯⋯?"

이곳은 편도이기 때문에 반대편에서 차량이 온다는 것은 말도 안 되는 일이었다.

연신 고개를 갸웃거리던 염성환, 그는 이내 불안한 뭔가를 느낀다.

"설마⋯⋯?"

만약 경찰이 그를 잡으려 한다면, 일반적인 경로보다는 주차장을 역주행해서 그를 잡으려 할 것이다.

그는 이내 차에서 내렸고, 그 즉시 비상구를 향해 달리기 시작했다.

"이런 빌어먹을!"

차량을 사용할 수 없다면 지하철을 이용하여 공항까지 가는 수밖에 없다.

하지만 그마저도 여의치 않을 것 같았다.

타앙!

"허, 허억!"

그를 추격하는 경찰들은 그가 달려가는 방향으로 권총을 발포했고, 염성환은 반사적으로 몸을 멈출 수밖에 없었다.

"염성환! 너는 포위되었다! 그러니 두 손을 올리고 무릎을 꿇어라!"

"제기랄!"

이곳만 넘으면 더 이상 경찰의 추격을 받지 않고 살 수도 있었을 것이다.

그러나 이미 경찰들은 비상계단으로도 꾸역꾸역 밀려들고 있었고, 그는 더 이상 미래를 확신할 수 없는 상태가 되어버렸다.

그는 하는 수 없이 두 손을 머리 위에 올렸고, 경찰들은 그에게 다가와 수갑을 채웠다.

철컥!

"염성환, 너를 유해 물질 유포 및 주가조작 등의 혐의로 체포한다. 변호사를 선임할 수 있으며 묵비권을 행사할 수 있다."

이내 경찰로 연행되는 염성환, 그는 모든 것을 체념한 듯 고개를 푹 숙였다.

*　　　*　　　*

서해 5도 인근, 이곳으로 최성국을 태운 밀항선이 지나가고 있다.

쏴아아아아—!

쾌속선과는 비교할 수 없으나, 나름대로 꽤 빠르고 조용히 해협을 가르는 배의 모습은 매끄럽기까지 했다.

그런 그들에게 몇 차례 군함이 찾아와 신분증 제시를 요청했다.

"충성, 잠시 검문이 있겠습니다. 신분증과 어업 허가증을 제시해 주시지요."

"네, 잠시만요."

선장은 벌써 열 번이 넘도록 어업 허가증을 보여주었고, 군인들은 무전기를 통해 신분을 확인한다.

"본부, 본부, 신원 확인 바란다. 면허번호 5676799—3459……."

이렇게 잦은 단속을 받는다면 최성국은 중국까지 가기도 전에 지하에서 얼어 죽을 수도 있다.

하지만 혹시나 모를 단속을 피하자면 지하의 냉동실 가동은 어쩔 수 없는 선택이다.

선장은 자꾸 지하실을 쳐다보며 그의 생사를 확인해본다.

"으으……!"

입구에 최대한 가까이 붙어 앉은 그는 모포 한 장으로 간신히 추위를 버텨내고 있는 중이다.

만약 여기서 작은 변수라도 생긴다면 그는 반드시 저체온증으로 사망할 것이다.

그러던 바로 그때, 멀리서 천둥과 번개가 치기 시작한다.

우르릉, 콰앙!

군사들은 신원확인을 끝낸 후, 선장에게 인근 해군기지에서 잠시 정박을 했다가 출발할 것을 권유한다.

"함대 대기소에서 잠시 머물다 출발하시는 것이 좋겠습니다. 지금 이곳이 이 정도로 난리가 났다면 북쪽은 아마 말도 못하게 폭풍이 몰아치고 있을 겁니다."

"아니요, 괜찮습니다. 내일까지 다롄으로 가야 해서 말입니다."

"그래요? 잘못하면 사고를 당할 수도 있을 텐데……."

"하하, 걱정은 고맙지만 괜찮습니다."

만약 해경이었다면 경고 조치 후에 이들을 함대 기지로 이송을 시켰을 테지만, 군인들에겐 그럴 의무도 권한도 없다.

그들이 항해를 계속하겠다는 의사를 밝히면 그대로 따를 수밖에 없는 것이다.

"좋습니다. 갈 길 가시지요."

"고맙습니다."

"충성, 살펴 가십시오."

"그래요."

해군들의 경례 구호를 받은 그는 이것이 마지막 검문이 되기를 바랄뿐이다.

"제기랄, 한국을 빠져나가기가 쉽지 않군 그래."

이윽고 그는 지하에 숨어 있던 최성국을 불러낸다.

"이봐요! 어서 나와요!"

"으으, 으으으으······!"

문을 열고 안에서 간신히 기어 나온 그는 이가 딱딱 부딪칠 정도로 추운 지하실의 분위기를 온몸으로 표현한다.

"무, 물······!"

"그래요, 잠깐만!"

운전석에서 일어선 선장이 따뜻한 물을 꺼내주었고, 최성국은 그것을 한 모금 마셨다.

꿀꺽!

"으, 으흐······!"

그제야 몸이 좀 풀리는 모양인지, 최성국은 담배부터 찾는다.

"담배 한 대 피울 수 있겠소?"

"그러시구려."

자신이 그렇게 좋아하는 담배를 한 대 피워 문 최성국, 그는 이제 중국이 얼마나 남았는지 가늠해본다.

"이곳이 지금 어디요?"

"이제 서해 5도요. 아마 중국에 도착하려면 반나절은 더 걸릴 것 같아요."

"이런……."

지금은 한국과 북한의 군사 관계가 썩 좋지 않은 상황이라 단속이 계속 강화되는 실정이었다.

때문에 중국으로 가는 시간이 무려 두 배는 족히 걸릴 것으로 보였다.

하지만 지금 최성국이 이용할 수 있는 이동 수단은 찾아볼 수가 없기 때문에 배에서 내릴 수도 없었다.

한마디로 지금 그는 지독히도 재수가 없었다고 볼 수 있었다.

"젠장……."

"별 수 없어요. 조금만 더 참아요. 한국 영해만 벗어나면 곧 중국 영해에 닿을 수 있을 테니, 그곳까지만 가면 단속이 심하지 않아서 괜찮아요."

"그렇군……."

이제 두 사람은 서해 5도를 완전히 벗어나 중국 영해를 향해 내달리고 있었고, 날씨는 여전히 흐리기 짝이 없었다.

우르릉, 콰앙!

"날씨가 아주 지랄 같군……."

"흠……. 이제는 정말 도박을 벌이는 수밖에 없겠군요. 여기서 배가 좌초되면 죽을 수도 있으니 중간에 무인도가 있기를 바라는 수밖에요."

"알겠소."

두 사람은 먹구름이 잔뜩 낀 하늘을 따라 항해를 계속했다.

*　　　*　　　*

항해 두 시간 째, 파도가 점점 거세지더니 이내 한 치 앞을 가늠할 수 없을 정도가 되었다.

선장은 이제 돈이고 뭐고 항해를 계속할 수 없다는 뜻을 전한다.

"돈도 좋지만 이대로 가다간 내가 죽겠어요. 일단 인근에 있는 항구를 찾아갑시다."

"하지만 다롄까지 가는 것이 약속 아니었소?"

"나 참, 이 상태로 어떻게 다롄까지 가자는 겁니까? 지금 이 상황이라면 웨이하이까지 가기도 벅차다고요."

"이런……!"

그는 다롄에 잘 아는 브로커를 두고 있었기 때문에 다른 지역으로는 뱃머리를 돌리지 않으려 했다.

괜히 그곳에서 비행기를 잘못 탔다간 분명 공안에게 적발

될 수도 있었기 때문이었다.

하지만 위조 여권이 있으니 어떻게든 빠져나갈 구멍이 있을지도 모른다.

"좋소. 그럼 웨이하이까지만 갑시다."

"그래요, 그래야 사람이 살지. 안 그럼 우린 다 죽어요."

그는 항로를 바꾸어 서쪽으로 향했고, 배는 이제 곧 웨이하이에 닿을 예정이었다.

그러나 문제는 그곳까지 가기에도 이미 파도가 너무 많이 높아져 있다는 것이었다.

우르릉, 콰앙!

좌락!

"크윽!"

"족히 5m는 되겠군요! 이대로라면 배가 부서질 수도 있어요!"

"제기랄! 거의 다 왔는데⋯⋯!"

바로 그때였다.

두 사람의 앞에 무려 10m높이의 파도가 일어났고, 작은 고깃배는 그 파도에 쓸려 전복을 당하고 말았다.

빠지직, 콰앙!

"크헉!"

"사, 사람 살려!"

배는 그대로 산산조각이 나 파편조차 찾을 수 없었고, 그나마 수영에 능한 선장은 바다에 빠져 죽지 않고 근근이 버티고 있었다.

하지만 바다에서 살아본 경험이 없는 최성국으로선 도저히 이곳에서 버틸 재간이 없었다.

"어푸, 어푸……!"

"수영을 해요! 수영 할 줄 몰라요?!"

"꼬르르르……!"

이내 그는 가라앉고 말았고, 선장은 자신이라도 살기 위해 배의 파편을 찾아 계속 헤엄쳐 다녔다.

＊　　　＊　　　＊

서해 해군기지, 이곳으로 거대한 거북이 헤엄을 치며 오고 있었다.

쏴아아아ㅡ!

거북은 머리에서 꼬리까지 무려 5m에 달했는데 이 정도 크기의 거북은 일반적으로는 구경할 수가 없다.

사람 네 명이 나란히 앉아서 식사를 할 수 있을 정도로 넓은 거북의 등에는 물먹은 솜처럼 축 늘어진 사내와 멀쩡한 사내 한 명이 앉아 있었다.

거북의 머리는 마치 악어의 주둥이처럼 길게 뻗어 있었는데, 그 위로는 작은 뿔도 하나 나 있었다.

거북은 한 사람의 명령에 의해 움직이고 있었는데, 그의 눈동자는 푸른 안광에 의해 반짝거리고 있었다.

푸른 안광의 사내는 바로 유하, 그는 거의 신수의 형태를 다 갖추어 가는 자라를 데리고 서해 군사기지로 향하는 중이다.

현무는 원래 족히 1년은 지나야 온전한 모습을 갖추지만, 자라는 유하의 풍부한 도력을 먹고 무럭무럭 자라나 지금은 엄청난 크기가 된 것이다.

이제 반년만 더 지나면 용의 형상을 띈 머리와 이무기 형상의 꼬리가 자리를 잡아갈 것이다.

하지만 모든 생물과 대화를 하고 죽은 생물을 살려내는 등의 신기를 부리자면 족히 100년은 지나야 한다.

한마디로 유하는 말 못하는 거대한 맹수를 조련하고 있는 것과 마찬가지였다.

그러나 유하와 자라는 이미 도력으로 엮여 있기 때문에 의사소통에는 문제가 없다.

유하는 자라의 콧잔등을 쓰다듬으며 말했다.

"거의 다 왔어. 힘을 내자고."

크흑 크흑―.

그의 뒤로는 여전히 폭풍이 몰아지고 있었는데, 현운이 열대성 고기압을 이쪽으로 몰고 왔기 때문이다.

태풍은 자연 기류를 따라서 흘러가지만, 현운은 아주 잠시 그 기류를 바꿀 수 있는 능력을 가지고 있다.

아주 찰나의 순간이지만, 태풍이 경로를 살짝 틀 정도는 된다.

해서 유하는 그 능력을 이용해 원래 살짝 옆으로 지나쳐 갈 태풍을 웨이하이 해상까지 끌어들인 것이었다.

그 과정에서 배가 전복되어 최성국이 사망할 뻔했고, 유하는 자라를 타고 그를 구해 이곳까지 온 것이다.

그러는 동안 현운은 더 움직일 힘도 없을 정도로 많은 도력을 소진했고, 자라 역시 마찬가지였다.

지금 현운은 자라의 배에 달라붙어 바다의 습기를 빨아들이는 중이다.

유하가 도력을 다시 충전시킬 때까지 생명력을 잃지 않기 위한 임시방편인 것이다.

그는 오늘 최성국을 군에 넘기고 난 후엔 곧장 집으로 돌아가 두 친구의 몸 상태를 돌보고 기운을 북돋아 줄 것이다.

"이젠 정말 거의 다 했다. 조금만 참자고."

뭉게 뭉게―

잠시 후, 이제 드디어 육지가 보이는 것 같았다.

유하는 자라의 등에서 최성국을 내려 뭍에 내버려두곤 이
내 돌아섰다.

*   *   *

나흘 후, 대검찰청 내부 취조실.

"허억, 허억……."

초췌한 몰골의 최성국이 한때는 자신의 부하였던 지양호
에게 심문을 받고 있었다.

지양호는 지금까지 최성국에게 물 한 방울 주지 않았는데,
그는 지양호에게 인권을 운운하며 반항했었다.

하지만 지양호는 이미 그에게 인권이라는 것은 없다고 생
각하는 중이었다.

그에게 범법자는 인간 그 이하였기 때문이다.

지양호는 최성국의 앞에 물병을 가져다 놓으며 말했다.

"자, 물입니다. 맛있겠죠?"

"어, 어어……!"

"하지만 못 드립니다. 왜냐고요? 당신은 변절자이기 때문
이죠."

"이, 이런 개새끼!"

"…개새끼?"

최성국은 자신도 모르게 욕설을 내뱉었고, 지양호는 열이 머리끝까지 뻗쳐 그를 구타하기 시작했다.

퍽퍽퍽!

"이런 개만도 못한 새끼! 뭐라고?!"

"으윽!"

그는 피를 철철 흘리며 누워 있는 최성국에게 다가가 말했다.

"최 과장님, 내가 좀 독하지요? 하지만 어쩔 수 없어요. 이게 다 당신에게 배운 것인 걸요."

"……."

이미 최성국은 죄를 모두 시인했지만, 지양호는 일부러 기소를 미루고 있었다.

조금이라도 그를 더 지독하게 고문하여 배신을 당한 빚을 톡톡히 받아내려는 것이었다.

아마 최성국은 법정에서 최고형인 무기징역이나 사형을 구형 받을 것이 분명하다.

최성국 때문에 죽은 사람들이 한둘이 아닌데다, 그는 악의적으로 슈퍼 대장균을 풀어놓았기 때문이다.

어차피 평생 보지도 못 할 악인이라면 팰 수 있을 때 패야 한다는 것이 지양호의 생각이었던 것이다.

지양호는 슬그머니 미소를 짓더니, 이내 그의 앞에 물을 흩

뿌려 버린다.

좌락!

"어, 어어……!"

"후후, 물이 드시고 싶으시죠? 하지만 안 됩니다. 당신을 법정에 넘기기 전까진 안 돼요."

"……."

옛말에 죄는 미워하되 사람은 미워하지 말라는 말이 있다.

하지만 죄를 지은 사람이 악한데 어찌 사람을 미워하지 않을 수 있을까?

지양호는 위와 같은 사상을 머리 깊숙이 뿌리박아 두었고, 그로 인해 검사가 되었다.

아마 최성국은 죽을 때까지 그의 집요한 괴롭힘을 받게 될 것이었다.

제5장
반가운 얼굴

한가한 일요일 오전이다.

원래대로라면 늘어지게 한숨 잔 후에 사우나에 다녀와야 하는 주말이었지만, 오늘은 아니었다.

삐비빅! 삐비비빅!

요란하게 알람 소리가 울린다.

유하는 천근만근인 몸을 일으킨다.

"끄으으응."

몸이 힘든 것은 아니었다. 그보다는 정신이 힘들었다.

최근 이어지고 있는 사업들도 있었지만, 수많은 일들에 얽히면서 하루라도 편하게 넘어가는 날이 없었기 때문이다.

우두두둑!

대충 몸을 푼 후에 그는 세수를 했다.

"하아."

한숨이 나온다.

사업을 한다는 것도 결코 쉬운 일은 아니었다. 그가 지금 이렇게 양치질을 하고 있는 것도 바로 사업 때문이었다.

잘 아는 사람이라 할 수는 없었지만, 거래처 사장의 아들이 결혼을 하는 것이다. 이런 날에 결혼식에 참석하지 않는다면 그야말로 거래가 끊겨 버릴 수도 있었다. 그 때문에 어쩔 수 없이 몸을 일으키는 것이다.

세안을 하고 나자 조금은 나아지는 기분이다.

그는 냉장고를 열었다.

"……."

역시나 냉장고는 전멸이다.

아무래도 아침은 건너뛰고 점심과 함께 결혼식 뷔페에서 먹어야 할 것으로 보였다.

그는 옷장을 열어 대충 정장을 챙겨 입었다.

"머리를 할까?"

그는 심각하게 고민에 잠긴다.

굳이 멋을 부릴 필요는 없었지만, 그래도 사람 일이라는 것이 한 치 앞도 알 수 없는 일의 연속이었다.

유하는 머리에 왁스를 바른 후에 구두까지 닦아 마무리를 한다.

그리고 거울을 바라보았다.

"잘생겼군."

이 정도라면 어떤 일이 있어도 충분히 돌파가 가능할 것이다.

의도치 않게 미인과 엮이게 될 수도 있는 일이 아니던가.

약속한 웨딩홀에 도착한다.

유하는 시계를 바라보았다.

"후우."

이마에서는 식은땀이 흐른다.

예식이 시작되기 20분 전이었다.

조금이라도 시간이 늦었다면 인사조차 하지 못할 뻔하였다. 당연한 일이었지만, 예식 전에 인사를 하는 것과 끝난 후에 인사를 하는 것은 천지차이였다.

그렇다고 해서 성의를 보아 거래까지 끊지는 않겠지만, 사업하는 입장에서 좋지 않은 인상을 남기는 것은 좋지 않았다.

유하는 축의금을 낸 후에 입구에서 정신없이 인사를 하고 있는 강 사장에게 손을 내밀었다.

"김 사장님, 축하드립니다!"

"아니, 강 사장 아닌가, 이렇게 와 주어서 고맙군."

"무슨 말씀입니까? 이렇게 와야 하는 것이 당연한 일이지요."

"허허허허! 차린 것은 없지만 많이 들고 가게."

"예, 사장님."

유하는 신랑과 손을 잡는다.

"축하드립니다."

"감사합니다. 아버님의 지인 분이시군요."

"그렇습니다."

"음?"

신랑과 유하는 잠시 서로를 바라보며 고개를 갸웃거렸다.

이런 반응은 어디선가 본 적이 있을 때 나오는 것이었다. 하지만 아무리 생각을 해보아도 기억이 나지 않았다.

"하하하! 죄송합니다. 제가 아는 사람과 헷갈렸나 봅니다."

"저도 그렇습니다."

"……"

신랑은 다시 유하의 얼굴을 살폈다.

"혹시 유하냐?"

"너, 영식이냐?"

"이야, 반갑다!"

유하와 강영식은 정말 반갑다는 듯이 다시 악수를 하였다.

우연도 이런 우연은 힘들다고 볼 수 있었다.

강영식은 초등학교 시절 당시 3년이나 같은 반에 있었던 친구였다. 물론 그렇게까지 친한 것은 아니었지만, 이렇게 우연히 만나면 반갑게 인사를 할 정도는 되었다.

다만 시기가 시기인지라 자세한 이야기는 나눌 수가 없었다.

"술이라도 한잔해야 되는데 미안하다."

"아니다. 이렇게 사람이 많은데 별 수 없는 일이지. 연락할게, 인마."

"아냐, 아버지 아는 사람이니 내가 연락할게."

별 생각이 없이 나왔지만, 초등학교 동창이라니 의외였다.

물론 그렇다고 해도 별 감흥이 있는 것은 아니었다. 반가운 것은 반가운 일이었지만 특별한 일이라고는 생각지 않았던 것이다.

아는 사람은 전국 어디에서나 만날 수 있었다.

유하는 이곳에서 아는 사람들을 꽤나 많이 만날 수 있었다.

보는 곳곳마다 아는 동창생들이다.

물론 초등학교 시절 이후라 얼굴들이 상당히 변하기는 하였지만, 그래도 어느 정도는 옛 얼굴들이 남아 있었다.

결혼식은 시작 되었지만, 많은 사람들이 그에게 알은척을 하였다.

"이야, 강유하 아니야?"

"오랜만이다, 창식아."

"어떻게 한 번도 동창회에 안 나올 수가 있냐?"

"그냥 이사를 다니다 보니까 끊긴 거지."

"짜식. 오늘 피로연 가야지? 아마 동창회 비슷하게 되지 않을까 싶다."

"시간 봐서."

"짜식아. 바쁜 척하지 말고. 그 누구냐? 유라도 온다고 하니까."

"……!"

유하는 주변을 두리번거렸다.

유라는 유하의 소꿉친구였다. 아주 어렸을 때부터 함께 지내던 소꿉친구였는데, 유하가 갑자기 이사를 가 버리는 바람에 완전히 소식을 끊겨 버리고 말았다. 그 당시에는 핸드폰도 없었고 그렇다고 인터넷도 그리 발달해 있던 시절이 아니었다.

지금이야 아무리 이사가 잦아도 핸드폰으로 연락을 하면 그만이지만, 옛날에는 이런저런 이유로 쉽게 인연이 끊어지고는 했었다.

"역시나. 아직도 의문이다. 너희는 그때 썸을 탄거냐?"

"썸이 뭐냐? 그런 단어는 있지도 않았다."

"말이 그렇다는 거지."

"그냥 친구야."

"친구끼리 자기도 많이 하더라."

"웃기는 소리."

"쟤들도 그렇잖아."

"영식이 말이야?"

오늘 결혼을 하는 강영식도 초등학교 시절 친구와 지금까지 연락을 하며 지내다가 연인으로 발전, 결국에는 결혼에 골인을 하였다.

그러고 보면 남녀 간에 친구라는 것이 참으로 부질없는 경계였다. 그렇게 허물어져 버리는 경우가 많았으니 말이다.

최근에는 이성 친구 사이에 눈이 맞아 연인이 되었다는 웹툰과 소설, 드라마까지 넘쳐나고 있었다.

'그럴 생각은 없는데……'

곧 설교가 시작된다.

유하와 창식은 입을 다물었다.

하지만 그의 눈동자는 이리저리 굴러다니고 있는 중이다. 어떻게 해서든 그녀의 모습을 확인해 보기 위해서였다.

'안 오는 것 아니야?

조금 초조해지기 시작했다.

결혼식이 끝나가고 있었다.

그의 소꿉친구였던 차유라는 아직까지도 모습을 드러내지 않고 있었다. 이렇게 오지 않는 것은 아닌가 싶었다.

만약 차유라가 오지 않으면 유하가 여기 남아 있을 이유는 없었다. 동창생도 좋고 반가운 얼굴도 좋았지만, 그보다 쉬는 것이 우선이라 생각을 하였기 때문이다.

"와아아아아!"

신랑 신부가 행진을 할 때까지 차유라는 오지 않았다.

"씁쓸하네."

유하는 대충 인사를 하고 돌아가려 하였다.

그는 창식과 악수를 나눈다.

"행복해라."

"어머, 유하 아니야?"

유하는 신부와도 인사를 했다.

신부 대기실에는 귀찮아서 가지도 않았기 때문에 일어난 일이었다. 물론 시간이 촉박하기도 했었다.

"오랜만이다, 미연아. 나는 너희들이 결혼할 것이라고는 생각도 못했다."

"그러니까 동창회에 좀 나오지 그랬어."

"하하하! 시간이 있어야지."

유하는 머리를 긁적였다.

지금은 대충 얼버무리고 이곳을 빠져 나가고 싶었다. 잘못 하면 피로연에 2차, 3차까지 가야 할지도 몰랐기 때문이다.

"그럼 식사 맛있게 해."

"그래, 그래."

어차피 동창생들이 연락을 하는 경우란 정해져 있었다.

결혼식과 장례식, 그리고 돌잔치. 그 이후에는 수십 년 동안 연락을 하지 않았다가 자식들이 결혼을 하게 될 시즌이 오면 부단히도 돌아다닐 것이다.

그런 것이 인생이라면 굳이 연락을 할 필요는 없었다.

유하는 가족과 친한 친구, 친척들만 조금 모아 하는 결혼식이 가장 축복되었다고 생각했다. 한국의 결혼식은 허례허식이 너무 심했다.

그는 집으로 돌아가기로 하였다.

주차장 입구.

유하는 괜스레 결혼식장을 한 번 더 돌아보았다.

차유라가 와 주었다면 얼마나 좋았을까 하는 생각도 하였다.

하지만 역시나 세상살이가 그리 쉽게 돌아가지는 않았다.

부르르릉!

유하는 차에 시동을 걸었다.

그가 결혼식장을 나서려고 할 때였다.

끼기기긱!

그는 차를 세웠다.

결혼식장으로 한 여자가 달려오고 있었다.

그는 오래 된 기억을 끄집어내어 한 여자의 얼굴을 생각한다.

"차유라!"

그녀는 급하게 뛰어가다 우뚝 멈춰섰다.

차유라는 유하가 있는 쪽으로 돌아섰다.

두근!

가슴이 뛰었다.

그것은 이성을 만나는 것에 대한 기대가 아니라 오랜 친구를 만나 뛰고 있는 반가움의 표시였다.

그녀는 잠깐 유하의 눈을 응시하더니 손뼉을 마주쳤다.

"설마, 강유하?"

"그래!"

유하는 그 자리에 내려섰다.

오랜 시간이 흘러서야 겨우 그녀와 마주하게 되었다. 지금 유하의 기분은 말로 형용을 할 수 없을 지경이었다.

차유라는 당장 핸드폰부터 꺼냈다.

"어떻게 연락 한 통 없을 수가 있어?"

"그렇게 되었어. 알잖아? 집안 문제 때문에 갑자기 이사를 하게 되어서 말이야. 그 후에 너를 찾으려고 많이 노력을 했어. 하지만 그럴 수가 없었지. 미안해."

"정말……."

차유라도 꽤나 설레는 모양이었다.

어렸을 때부터 초등학교에 들어갈 때까지 단짝이나 다름이 없었고 집안 어른들끼리도 매우 친하게 지냈다. 그러다가 아버지의 회사가 부도가 나면서 완전히 인연이 절단나 버렸던 것이다.

생각보다 IMF로 인해 피해를 입은 가정은 상당했다.

물론 유하의 가정도 그중 하나였다.

"집으로 돌아가는 거야?"

"그럴 리가 있나. 네가 왔으니까 피로연에 참석을 해야지."

유하는 곧바로 차를 돌려 버렸다.

차유라가 없는 곳에서는 있을 필요가 없었지만, 이제 유하가 있어야 할 자리는 바로 피로연장이었다.

　　　　*　　　*　　　*

　웅성 웅성

　피로연장은 졸지에 동창회장이 되어 버렸다.

　신랑과 신부는 같은 학교를 나왔다. 무려 초등학교 동창 시절부터 이어져 온 인연이었기에 이곳에는 은사님까지 와 계셨다.

　유하는 차유라와 함께 유도식 선생에게 인사를 한다.

　"안녕하세요, 선생님."

　"이게 누구야, 사고뭉치 강유하 아니야?"

　"죄송합니다. 찾아뵙지도 못하고."

　"어쩔 수 없었다는 것 알고 있으니 걱정 말게."

　유도식은 유하의 어깨를 두드려 주었다.

　동창생들은 모두 잔을 채웠다.

　이곳에는 동창회장인 임연수도 있었다.

　그는 잔을 들었다.

　"자자, 오늘 평소 보지 못했던 친구들이 많이 모였으니까 번호들 교환하고. 앞으로도 친하게 지내자고! 건배!"

　챙!

　사람들은 번호를 교환하기에 바빴다.

　이곳은 그야말로 인맥의 장이라고 할 수 있었다. 그 인맥이라는 것이 나중에 자신의 결혼식에 와줄 사람을 찾는 것이었지만, 그것이 꼭 나쁘다고도 볼 수 없다. 어느덧 이것은 한국의 한 풍습으로 자리를 잡아버린 것이다.

유하도 몇 차례나 번호를 알려 주었지만, 전부 서브 폰이었다. 사업상 쓰는 핸드폰으로 알려 주었으니 여차하면 끊어버려도 그만이었다.

유하의 관심사는 오직 차유라였다.

"도대체 지금까지 어떻게 지냈어?"

"우리 집도 만만치는 않았어. 아버지가 회사에서 잘리는 바람에."

"고생했겠구나."

"그 세대가 다 그렇지 뭐. 그래도 너희 집만 하겠어?"

"그건 그렇지."

유하는 씁쓸하게 웃었다.

어떻게 보면 그들은 IMF시절에 강제로 헤어진 사이였다. 그리고 지금 만나게 되었다.

"그래도."

차유라는 유하의 손을 잡았다.

"이렇게 만난 것이 어디야?"

"그, 그렇지?"

"앞으로는 연락이 끊길 일이 없을 테니까."

유하는 고개를 끄덕였다.

피로연이 끝났다.

2차, 3차까지 생각을 했었지만, 그렇게까지 가지는 않았다. 피로연만 끝나고 집으로 돌아가는 사람들이 대부분이었던 것이다.

사람들이 그를 붙잡았다.

"유하야, 2차 가야지?"

"미안하다. 좀 바빠서."

"유라는?"

그녀 역시 고개를 흔들었다. 이곳에서 남아 있을 이유는 없다는 뜻이었다.

유하는 차유라를 차에 태웠다.

"데려다줄게."

부아아아앙!

그들은 차유라의 집으로 향한다.

차유라의 집 앞.

그녀는 부모님과 따로 나와 살고 있었다.

한마디로 원룸에서 생활을 하고 있었고, 룸메이트는 없다. 그 말은 즉, 혼자 살고 있다는 뜻이다.

차유라는 가볍게 물었다.

"맥주 한잔 할래?"

"좋지."

유하는 거절하지 않았다.

오히려 이것은 좋은 기회였다. 어떻게 해보자는 것이 아니라 서로 깊은 속마음을 터놓을 수 있는 기회라고 생각 되었던 것이다.

유하는 망설임 없이 그녀의 집으로 향했다.

삐리리릭!

문이 열리자 방향제 냄새가 확 치밀고 올라왔다.

1.5룸으로 그리 작지도 않았고 주방과 방은 분리가 되어 있었다.

"잠깐 앉아 있어. 안주라도 해올게."

"안주는 그렇게까지 필요 없는데?"

"그래도 앉아. 집을 구경해도 좋고."

유하는 천천히 그녀의 방안을 살핀다.

곳곳에는 작은 액자들이 있었고 그 안은 사진으로 가득 채워져 있었다. 무엇보다 놀란 것은 바로 어릴 적 자신의 사진이었다.

"이건?"

"기억나? 부곡하와이에 가서 찍은 사진이잖아."

유치원을 다니던 때에 찍었던 사진이다.

꽤나 빛이 바래져 있었으며 그 안에는 아직 꼬맹이였던 시절의 그들이 손을 잡고 있었다.

오랫동안 유라는 유하를 잊지 않고 있었다.

"변한 것은 나뿐인가?"

"아마도."

몇 개의 액자가 유하의 사진이 들어 있었다. 그것은 모두 차유라와 함께 찍은 사진이었다.

차유라는 그사이 계란말이를 해서 가져왔다.

그녀는 책꽂이에서 앨범을 꺼냈다.

"나중에는 디지털카메라가 나와서 인화는 잘 하지 않게 되었지만, 이 당시만 해도 앨범에 사진을 꽂아 두는 것이 유행이었다고."

"그랬지."

한창 사진관이 잘 되었던 때가 있었다. 요즘 같이 포토 프린터로 뽑아대는 것이 아니라 인화실에서 인화를 거쳐야 사진이 되는 경우가 많았던 것이다.

하지만 이제는 그런 문화는 거의 사라져 가고 있었다. 웨딩사진이나 찍으면 몰라도 일반인 사이에서는 핸드폰, 혹은 디카, 그리고 포토 프린터가 유행처럼 많이 번져 있었다.

좌르륵!

사진은 그들이 아예 기억조차 나지 않을 때부터 시작된다.

유라와 유하의 부모님들 사이도 꽤나 친했고, 왕래가 잦았다.

차유라의 가족과는 이웃지간이었으며 덕분에 많은 시간을 함께했었다. 어떻게 보면 그들이 친해졌던 것은 필연이라 말할 수도 있었던 것이다.

유치원을 함께 다녔고 초등학교도 함께 보냈다.

그랬지만, 어느 순간 유하가 연기와 같이 사라져 버렸다.

"얼마나 섭섭했는지 알아?"

"나도 그랬어."

"울기도 많이 울었지."

그들은 오랜 시간이 흘러 성인이 되어 만났다.

비록 초등학교 시절의 그런 기억을 가지고 있을 수는 없었지만, 그래도 상당히 좋은 감정을 품고 있는 것은 맞았다.

유하는 맥주를 쭉 들이킨다.

"뭐야? 건배라도 하고 마셔야지."

"내가 정신이 좀 없어서."

"만나게 된 기념으로 한 잔하자."

챙!

그들은 잔을 부딪쳤다.

차유라와는 할 이야기가 많이 남아 있었다.

시간을 보니 자정이었다.

슬슬 집으로 돌아가야 할 때였다.

"이만 가 보아야겠다."

"자고 가지?"

"……."

유하는 잠시 동안이지만 엄청난 고뇌를 하였다.

하지만 차유라가 웃음을 드러낸다.

"후후. 농담이야."

"그, 그렇지?"

"그래도 예전에는 매일 함께 자고 그랬잖아. 얼마나 그 시절이 그리운지."

"언젠가는 그런 날이 오겠지."

"우리는 아직도 친구지?"

유하는 고개를 끄덕였다.

그 역시도 차유라를 잊은 적이 없었다. 어린 시절의 좋은 기억들이라고 하지만 그것은 인생 전반에 많은 영향을 끼친다.

찾아야겠다고 마음은 먹었지만 그것이 쉽지 않았으며 결국에는 지금까지 오게 된 것이다. 그래도 이렇게 만나게 되었으니 다행이었다.

유하는 자리에서 일어난다.

"그럼 갈게."

"또 볼 수 있겠지?"

유하는 잠깐 생각했다.

이렇게 가버리면 그들은 십중팔구 다시 볼 수 없게 될 것이다. 그리 된다면 그저 단발성 만남으로 끝날 수도 있었다.

어릴 적 아무리 친한 친구였다고 해도 세월이 흘러 다시 만나면 매우 어색할 것은 뻔한 일이다.

지금은 유하가 나서야 했다.

"주말에 뭐 해?"

"주말에?"

그녀는 어깨를 으쓱였다. 특별한 약속은 없다는 뜻이었다.

유하는 지금까지 꽤 많은 사람들을 만나왔다. 물론 그 안에는 여성도 포함이 되어 있었다. 여자는 절대 싫은 사람과는 두 번 만나지 않는다.

"그럼 놀자."

"놀자고?"

"그냥 예전처럼 놀자. 놀이터에서 뛰어놀 수는 없겠지만, 평범한 친구처럼 놀면 안 될까?"

"토요일에 봐, 그럼."

"오후 5시에."

그녀는 고개를 끄덕였다.

이 정도라면 만남은 완전히 성사가 되었다고 보아도 무방하였다.

집으로 돌아가는 길.

부르르르릉!

유하는 대리운전을 불러 들어가기로 하였다.

"후우."

술이 약간 올라오고 있었다.

취기를 날려 버릴 수도 있었지만, 일부러 그리 하지 않았다. 그보다는 이런 취한 느낌을 조금은 느끼고 싶었기 때문이었다.

그보다 유하는 차유라에 대해 생각해 보았다.

"나에게 관심이 있는 건가?"

그렇게 생각이 미쳤지만, 유하는 고개를 흔들었다.

지금은 그저 친구 사이였다.

친구에서 연인으로 발전을 하는 것은 순식간의 일이라고 말할 수 있었으나 아직까지 그것을 바라볼 정도는 아니었던 것이다.

"후후후."

너무 앞서 나가고 있었다.

유하는 고개를 흔들고 의자에 몸을 깊게 파묻었다.

*   *   *

한 주가 어떻게 갔는지도 알 수 없게 흘렀다.

열심히 일을 하기도 하였고 운동도 했다. 하지만 유하는 차유라와의 데이트는 전혀 잊지 않고 있었다.

옷을 챙겨 입으면서 유하는 이것이 대체 무엇인지 생각해 보았다.

"데이트인가? 아니면 그냥 만나는 것?"

여러 가지를 생각해 보았지만, 답은 나오지 않는다.

그는 곧 고개를 흔들었다.

이러면 어떻고 저러면 어쩌겠냐는 생각을 하게 된 것이다. 남녀 사이였기에 어떤 감정이 생기지 않는다면 이상한 일이었지만, 지금은 어릴 적의 기억과 좋은 추억으로 움직이는 것이었다.

모든 것은 시기상조다.

"그냥 가볍게."

유하는 광주역으로 발길을 옮겼다.

오후 5시 무렵이었다.

유하는 선물이라도 준비를 해야 하나 많은 생각을 해보았지만, 역시나 그것은 모두 오버라는 사실을 깨닫게 되었다.

그보다는 그저 평소알던 친구처럼 만나 놀이를 즐긴다고 생각하면 편했다.

유하는 가벼운 캐주얼 차림이었다.

"여어!"

유하는 차유라를 발견하고 손을 흔들었다.

하지만 차유라의 옷차림은 꽤나 자극적이었다. 몸에 완전히 달라붙는 원피스에 클래식한 구두가 꽤나 잘 어울린다.

유하는 자신도 모르게 침을 삼켰다.

"왜 그렇게 뚫어져라 보고 있어? 이래봬도 꽤 잘 성장했지?"

유하는 자신도 모르게 고개를 끄덕거렸다. 여기서 그녀에게 관심을 갖지 않는 남자가 있다면 그것은 고자거나 정신 상태에 문제가 있다고 보아야 한다.

차유라는 아무렇지도 않게 팔짱을 꼈다.

"어디에 갈까?"

"그냥 영화 보고, 밥 먹고, 술 먹는 거지."

"그럼 데이트가 되는 건가?"

"나도 잘 모르겠는데."

"아무렴 어때?"

차유라는 이전의 모습을 많이 가지고 있었다. 하지만 다르게 생각하면 이전과는 완전히 딴판이라고 볼 수도 있었다.

하기야 어린 시절에는 사심 자체가 없었으니 그리 보였을 수도 있었다.

그들은 영화를 보기로 하였다.

"하하하하하!"

그들이 본 영화는 로맨틱 코미디 영화였다.

그들은 영화를 보며 웃었고 가끔은 손을 잡기도 했다.

도대체 이게 뭔가 싶었지만, 그들에게 거부감은 없었다. 그보다 더 미묘한 감정이 휘몰아치고 있었던 것이다.

영화가 끝나고 그들은 밥도 함께 먹었다.

하지만 역시나 그렇게 헤어질 수는 없었다.

마지막 데이트 코스는 그녀의 집 앞에서 한잔 기울이는 것이었다.

투둑 투두두두둑!

오후에는 날씨가 영 좋지 않더니 급기야는 비까지 쏟아지고 있었다. 이런 날씨에는 역시 포장마차만 한 곳이 없었다.

차유라의 집 앞 포장마차에서 그들은 빗소리를 듣고 있었다.

"뭐 먹을래?"

"닭똥집."

"이모! 닭똥집에 소주 하나 주세요!"

빗소리를 듣자 여러 가지 감성에 빠져 든다.

역시 가장 강력한 감정은 바로 서로에 대한 것이었다. 단순히 어렸을 때의 모습만 바라보기에 그들은 너무 성장해 있었다.

"종종 놀자."

"어쩐지 어린애 같은 발언인걸."

차유라는 씁쓸하게 웃었다.

유하는 그 씁쓸함이 무엇인지 아직까지 깨닫지 못했다.

"그럼 말을 바꿔 볼까?"

"어떻게?"

"앞으로 종종 데이트를 하자."

유하는 어깨를 으쓱였다.

데이트든 뭐든 간에 그녀와 함께라면 거절할 이유가 없었다. 좋다거나 사랑한다거나 그런 감정은 아니었지만, 그래도 서로에 대해 충분한 호감이 있었다. 이것만으로도 남녀가 만날 이유는 충분했던 것이다.

"하나하나 예전에는 해보지 못한 일들을 하고 말이야. 그리고 어렸을 때 자주 갔던 놀이터에서는 소주를 들고 가고 싶고."

"재밌겠는데?"

"아이는 하지 못했던 일들도 함께 경험을 하고 싶고."

"……."

유하는 차유라의 마지막 말에는 대답을 하지 못했다.

어떻게 보면 고백과 비슷했고, 어찌 보면 단순한 놀이를 말한 것일 수도 있었기 때문이다.

그들은 그저 그렇게 술잔을 기울인다.

하루가 저물어가고 있었다.

제6장
새로운 출발

　최성국이 검찰에 구속되고 난 후, 그와 관련된 사람들은 모두 체포되어 구속 수사를 받게 되었다.

　초반에 악의적인 목적을 가지고 팀에 가담했던 정미주는 직접적인 범죄가 일어나기 전에 빠져나왔음으로 벌을 받지 않게 되었다.

　그녀는 최종적으로는 벌을 받지 않았지만 마음의 짐은 결코 내려놓을 수가 없었다.

　그래서 영, 유아들을 위탁해 기르는 보육원을 세우고 그곳에 전 재산을 기부하기로 했다.

태어나 처음으로 좋은 일을 하는 날, 정미주는 꼭 유하와 함께 복지 재단을 찾고 싶다고 말했다.

좋은 일을 한다는데, 유하는 어쩔 수 없이 그녀를 따라나서기로 했다.

유하의 중형차를 타고 보육원으로 가는 길, 그녀가 유하에게 불현듯 물었다.

"강 사장님."

"말씀하세요."

"당신은 어째서 이런 중형차를 타고 다니는 건가요? 당신 정도면 고급차를 타고 다녀도 될 텐데."

현재 유하는 JS제약을 상장시키면서 꽤 많은 지분을 갖게 되었다.

김형석은 자신이 투자한 초기 자본과 함께 수익률 50%의 금액만 가지고 회사에서 손을 떼기로 했다.

그로 인하여 유하는 남은 회사의 지분을 모두 갖게 되었는데, 그 수익률이 꽤나 좋은 편이다.

아마도 그의 재산이라면 최소한 독일제 외제차를 끌고 다녀도 충분할 정도였다.

그러나 유하는 차를 바꾸지 않았다.

"돈은 돈일 뿐입니다. 차야 잘 굴러다니면 그만이고요."

"검소한 사람이네요."

"그냥 돈을 쓰기 싫어하는 짠돌이라고 생각하시죠."

"후후, 그런가요?"

이윽고 두 사람은 복지 재단 앞에 닿을 수 있었다.

"다 왔어요. 내립시다."

"자, 잠깐만요……."

"왜 그래요?"

"조금만 기다려줘요. 마음의 준비 좀 하고요……."

유하는 고개를 갸웃거린다.

"왜 그러십니까? 좋은 일을 하러 들어가는 사람이 왜 긴장을 하고 그래요?"

"…사정이 좀 있어요."

그녀는 유하에게 위임장과 통장을 주며 말했다.

"이것으로 재단 설립을 해달라고 부탁해 주세요. 당신이 내 대리인으로서 권한을 행사할 수 있도록 서류를 꾸며두었어요."

"꼭 이렇게 해야 하는 이유라도……."

"…사정이 좀 있어요."

급격하게 어두워지는 그녀의 표정, 유하는 그녀에게 뭔가 아주 큰 사연이 있음을 짐작할 수 있었다.

하지만 유하는 그 깊은 사정을 굳이 알아내야 할 필요는 없기 때문에 일단 돌아섰다.

"좋습니다. 제가 처리를 하고 돌아오겠습니다. 이곳에서 잠시만 기다려요."

"…그래요."

이윽고 유하는 재단으로 들어갔고, 그녀는 홀로 차에 남아 심란한 표정으로 일관한다.

*　　　*　　　*

국립 복지 재단 산하 서초복지원 복지사들은 무려 200억이 넘는 돈을 가지고 온 유하를 바라보며 고개를 갸웃거린다.

"이렇게 큰돈을 기부하시는데 정작 기부자는 오시지 않았다고요?"

"뭐, 그렇게 되었습니다. 이 사람이 워낙 낯가림이 심해서요."

유하가 적당히 핑계를 만들어내던 바로 그때, 복지사들 사이로 한 노인이 모습을 드러냈다.

그리고 그는 기부 내역을 바라보며 씁쓸한 미소를 지었다.

"…안젤라군요."

"안젤라?"

"내가 고아원 원장을 맡았던 시절, 처음으로 젖먹이 아이를 받은 적이 있습니다. 나는 그 아이를 젖동냥으로 키워 대학까지 보냈지요. 그 아이와 나는 마치 부녀처럼 막역한 사이였습니다. 하지만 딱 1년 동안 연락이 닿지 않은 적이 있었습니다. 그때, 안젤라는 아이를 낳았지요."

순간, 유하가 고개를 갸웃거린다.

"아이를 낳아요? 결혼을 했습니까?"

"아니요, 미혼모 신분으로 아이를 낳은 겁니다."

그제야 유하는 그녀가 어째서 복지회관에 모습을 드러내지 않은 것인지 알 수 있었다.

"그런 사연이……."

노인은 유하의 손을 꼭 잡으며 물었다.

"안젤라는 잘 있습니까? 혹시 아픈 곳은 없나요?"

"괜찮습니다. 몸 건강히 좋은 음식 먹으면서 살고 있어요. 너무 걱정하실 필요는 없습니다."

"…그렇군요."

이윽고 노인은 유하에게 쪽지를 한 장 건네며 말했다.

"언제 시간이 남으면 이곳으로 찾아가 보라고 전해 주십시오."

"이곳이 어딥니까?"

"부모가 버린 아이들을 몇 명 기르고 있는 시골 마을입니다. 원래는 제가 서울에서 고아원을 운영하고 있었는데 이제는 힘에 붙여 그 일을 할 수 없어 낙향했지요. 그때, 아이들

몇 명을 데리고 함께 갔습니다. 그중에 안젤라의 아이도 있어
요."

"그렇군요."

노인은 눈시울을 붉히며 유하에게 다시 한 번 부탁한다.

"꼭, 꼭 찾아와 달라고 전해 주세요……. 꼭입니다. 저는
토마스 신부이고, 제 이름을 들으면 아마 외면하지는 않을 겁
니다."

"알겠습니다. 그렇게 하지요."

노인은 척 보기에도 건강이 그리 좋아 보이지 않았는데, 그
가 들고 있는 종이는 유언장이었다.

"전 이제 곧 죽을 겁니다. 그나마 내가 아이들을 위해 벌였
던 치즈 사업이 꽤 잘되어서 당분간 먹고 사는데 지장은 없을
겁니다만, 엄마의 빈자리는 채울 수 없어요. 그러니 부디 안
젤라를 저희 집으로 데리고 와주십시오. 부탁입니다."

"예, 어르신."

유하는 다시 한 번 그의 손을 꼭 잡는 토마스 신부의 손이
아주 따뜻하다고 생각했다.

*   *   *

기부를 마치고 돌아가는 길, 유하는 넌지시 그녀에게 쪽지

를 건넨다.

"자, 받아요."

"이게 뭔가요?"

"토마스 신부님이 주셨습니다."

순간, 그녀는 떨리는 목소리로 유하의 손을 덥석 잡았다.

"사, 살아 계신가요? 그분께선 아직 건강하신가요?"

"아직 걸어 다니시긴 합니다. 하지만 노환으로 인해 부축 없인 앉았다 일어서기를 할 수 없답니다. 때문에 운영하던 고 아원을 다른 사람에게 맡기고 치즈 공장까지 처분했다고 하십니다."

"…그렇군요."

유하는 정미주의 손에 쪽지를 쥐어주며 말했다.

"당신의 딸이 있는 곳이랍니다. 찾아가 봐요."

"내 딸……."

"아이의 이름은 신부님이 요나라고 지었답니다."

"요나……."

그녀는 지금까지 단 한 번도 자신의 아이를 안아본 적이 없지만 그 아이가 얼마나 예쁘고 사랑스러울지 가늠할 수 있었다.

아무리 얼굴을 보지 못했다곤 해도 핏줄이 그것을 가능하게 하는 것이다.

하지만 그녀는 끝끝내 고개를 내저었다.

"이 쪽지는 당신이 보관해줘요."

"내가요?"

"부탁 할게요……."

"알겠습니다. 그 정도는 해드릴 수 있지요."

그녀는 유하에게 쪽지를 건네며 한 가지 부탁을 더 했다.

"당신에게 자꾸 부탁만 해서 면목이 없지만 하나 더 청해도 될까요?"

"말씀하십시오."

"함께 일할 수 있게 해줘요."

"일을요?"

"어차피 제약회사를 굴리자면 인력이 필요해요. 내가 자금을 관리하고 생산에 관련된 전반적인 업무를 전담할게요. 당신은 사업만 잘 펼치면 되는 거지요."

그녀가 만약 유하와 함께 일한다면 당연히 유하야 좋겠으나, 그녀가 과연 괜찮을지는 의문이다.

허나, 지금 그녀가 오갈 곳이 없어졌다는 것을 아는 이상, 외면을 할 수는 없는 노릇이다.

"좋습니다. 함께 갑시다. 언제까지 같이 갈 수 있을지 알 수는 없으나, 최대한 힘닿는 데까지 함께 가봅시다."

"…고마워요."

유하는 정미주를 부사장으로 내정하게 되었다.

*　　　*　　　*

유하는 JS제약을 인수한 후, 그 자금을 기반으로 하여 김치 공장과 젓갈 공장을 하나로 묶어 JS식품을 출범시켰다.

그리고 JS제약이 휘하에 자회사를 두는 식으로 인수 합병 을 진행했다.

이제부터는 출자 구조를 단순하게 하여 회사를 하나로 묶고 도약의 발판을 마련하겠다는 생각이었던 것이다.

회사는 광주에 세워질 예정이었는데, 서울에 마련해 두었던 제약회사의 기반을 함께 광주으로 옮겨야 했다.

그럼에도 불구하고 유하가 이곳으로 회사를 옮긴 것은 아주 여러 가지 의미가 있었다.

우선, JS제약이 있는 서울은 땅값이 비싸기 때문에 회사를 압축시켜 운영하기엔 무리가 있다.

차라리 처음 JS제약이 세워질 때에 사들였던 건물을 다시 되팔고 전라도 광주로 옮기는 편이 낫다.

또한, 그는 JS식품을 조금 더 큰 회사로 키울 것이기 때문에 산지에 회사를 차리는 편이 좋다고 판단한 것이다.

더군다나 제약도 엄연히 원자재가 필요한 직종이기 때문

에 해안가에 위치하는 편이 좋다.

때문에 유하는 전라남도로 모든 기반을 옮기게 된 것이었다.

그는 연안에 위치해 있던 공장을 증축하고 그 옆에 제약회사 공장을 세우기로 했다.

정미주는 해당 부지들을 전부 다 구매하는 한편, 충분한 보상과 협상을 통해 불만을 잠재웠다.

꽤나 드센 전라도 사람들을 상대로 이렇게까지 매끄러운 마무리를 짓는다는 것은 생각보다 어려운 일이었다.

하지만 그녀는 특유의 수완으로 지주들을 안심시키고 더나아가 땅을 판매하는데 직접 동의까지 얻어냈던 것이다.

그리하여 JS제약은 영천식품제약으로 상호를 개명하고 새롭게 간판을 올릴 수 있게 되었다.

유하는 영천식품제약을 출범시키는 발족식을 갖기로 했고, 지인들과 관련자들만 모아서 약소한 잔치를 벌이기로 했다.

영천식품제약이 들어선 5층 건물 앞, 유하는 회사의 간판을 놓고 고사를 지냈다.

오늘 고사에는 목포 시장통의 거래처 사장들과 광주 장치파의 박현무가 고사에 함께 참여했다.

또한, 유하의 곁에는 친구 영민이 직접 고사를 돕고 있었다.

목포 시장통의 상인들은 저마다 만 원 짜리나 5만 원짜리 지폐를 돼지 콧구멍에 찔러 넣고 있었지만, 박현무만은 통 크게 100만 원짜리 수표를 꽂아 넣는다.

"영천식품제약이 번창하게 해주십시오!"

통이 큰 만큼 절도 넙죽 잘도 올린 그는 고사 상 앞에 있는 술을 한 잔 마신 후에 자리에서 일어섰다.

그리곤 유하에게 다가와 악수를 건넨다.

"축하한다. 사업이 번창하겠군."

"고맙다."

이윽고 그는 영민을 바라보며 묻는다.

"아직도 우리 조직에 들어올 생각이 없는 건가?"

그는 계속해서 영민을 스카우트하기 위해 힘을 쓰고 있었으나, 영민은 여전히 요지부동이다.

"요즘 커피와 칵테일을 배우고 있어. 앞으론 시내에 나의 이름을 단 작은 바가 생길 예정이지. 그때 자주 찾아와줘."

"…알겠다. 형님께서도 많이 기다리신다. 언제라도 찾아와라. 좋은 자리를 줄 수 있다."

"마음만 받겠어."

박현무는 쓸쓸한 웃음을 지으며 미련이 남는다는 듯이 말했다.

"우리 조직은 절대로 가족을 버리지 않는다. 그걸 명심하도록."

"알겠다."

그리곤 박현무는 이내 돌아가 버렸고, 유하는 영민의 어깨에 손을 올리며 말했다.

"잘했다. 하고 싶은 것을 해야지. 언제까지 조직 세계에 발이 묶일 수는 없잖아?"

"그래, 네 말이 맞다."

이제 영민은 더 이상 자신의 과거에 대해 집착하지 않는 건실한 청년이 되어가고 있었다.

*   *   *

전국에 백신을 배포하여 번 돈은 생각보다 꽤 많았는데, 그중에 거의 대부분은 다시 미국계 회사로 돌아갔다.

또한, 슈퍼 대장균 사태가 종식되면서 백신은 더 이상 획기적인 돈벌이 수단이 되지 못했다.

하여 정미주는 영천제약이 존속하기 위해 신약개발에 자금을 투자해야 한다고 주장했다.

이제 막 공장의 부지가 세워지고 있긴 했으나, 투자자들에게 어필을 하자면 뭔가 좋은 아이템이 있어야 한다는 것이었다.

이에 유하는 머리를 짜내게 되었는데, 그것은 바로 천뇌환이었다.

원래 천뇌환은 유그라드 지역에서 머리가 덜 자란 아이들에게 먹이던 치료제였다.

유그라드 대륙에 넓게 분포해 있는 도사들은 가끔 민생에 도움이 되는 약을 지어주고 다녔는데, 천뇌환 역시 같은 약이었다.

천뇌환은 도사들이 지체아들에게 처방하던 것으로, 돈은 거의 받지 않았다.

하지만 도사들은 워낙 세상에 모습을 드러내지 않기 때문에 약을 만들기가 쉽지 않다는 것이 흠이었다.

그래서 마을에 도사가 출몰하면 지체아를 가진 어머니들은 앞 다투어 줄을 서곤 했다.

유하 역시 같은 행위를 하고 다녔으며, 전쟁 중에도 수도에 정신지체를 앓는 아이들에게 천뇌환을 나누어주곤 했다.

물론, 지구에서 만든 천뇌환은 그 약효가 상당히 약하고 지속시간도 짧아서 치료제로 사용하긴 불가능하다.

또한, 그것을 보충할 수 있는 부가재료들이 없기 때문에 대체약품으로 만들 수도 없었다.

때문에 유하는 이것을 일시적인 집중력 증가제로 개발하기로 한 것이다.

그는 프로젝트에 천뇌환의 성분을 임의대로 분석한 자료들을 올려놓았다.

　"지금 보는 것이 바로 천뇌환입니다. 보시다시피 검은색 환이지요. 냄새는 조금 역하지만 맛은 먹을 만한 정도입니다. 다만, 뒷맛이 지독하게 써서 어지간한 사람은 물 없이 먹을 수 없지요."

　"저 천뇌환이라는 것이 정말 그렇게 효과가 좋아요?"

　유하는 주머니에서 급하게나마 자신이 직접 제조한 천뇌환을 그녀에게 건넨다.

　"이게 시험 모델입니다. 한번 맛을 보시지요."

　"제, 제가요?"

　"당신이 자금줄 담당인데 당연히 시식을 해봐야지요. 물건을 파는 사람이 맛도 안 보고 세일즈를 할 수 있나요?"

　"뭐, 그건 그렇지만……."

　"안 죽습니다. 한 번 속는 셈 치고 한번 먹어봐요."

　"아, 알겠어요."

　이윽고 그녀는 유하의 손에 올려진 천뇌환을 그대로 삼켜 버렸다.

　그러자, 5분도 안 되어 그녀가 비명을 지르기 시작한다.

　"으으으으으! 이게 뭐에요?! 차라리 시궁창 물을 마시고 말지!"

"아아, 농도가 조금 진했던 모양이군요. 미안합니다."

"켁켁……!"

유하는 그녀에게 물을 건넸고, 정미주는 죽다가 살아났다는 듯이 오만상을 다 찌푸린다.

"…저한테 억하심정 있어요?"

"아니요, 그런 것 없습니다."

이윽고 유하는 그녀에게 책을 한 권 건넨다.

"읽어보세요. 아마도 집중력이 놀랍도록 향상되어 있을 겁니다."

"…알겠어요."

그녀는 유하에게서 책을 받아들었고, 빠르게 페이지를 넘기기 시작한다.

그러더니 한 시간도 안 되어 한 권을 다 읽어버렸다.

"어, 어……? 벌써 끝이네?"

"보십시오. 집중력이 좋아졌죠?"

"어떻게 이런 일이……."

"이를 테면 에너지 드링크와 비슷한 원리입니다. 천뇌환에 들어있는 생약 성분들이 뇌를 자극해서 뇌의 활용률을 높이게 되는 것이지요. 하지만 그 효과가 그리 길지 않아서 지속은 되지 않습니다."

"신기한 물건이군요."

"신기하긴 하지요. 하지만 대량생산을 하게 되면 효과가 훨씬 줄어들 겁니다."

"그래도 충분히 경쟁력이 있어요."

"어떻습니까? 그래도 대량생산을 해도 되겠습니까?"

그녀는 아주 크게 고개를 끄덕인다.

"물론이죠. 당장 식약청에 허가부터 받자고요."

"일단, 제가 계량을 끝내고 나면 그때 허가를 받도록 합시다. 그 정도는 기다려줄 수 있지요?"

"알겠어요. 그럼 언제 끝낼 수 있는지 알려줘요. 그때까지 기다리도록 할게요."

"한 이 주일?"

"너무 길어요. 일주일 안에 끝내요."

"…알겠습니다."

정미주는 특유의 불도저 같은 성미로 항상 사업을 추진시키기 때문에 사업이 엎어지는 법이 없다.

아마 이번 사업도 그녀를 따른다면 충분히 성공을 할 수 있을 터였다.

*   *   *

늦은 밤, 유하는 한국에서 구할 수 있는 천뇌환의 재료들을 분석하고 있는 중이다.

유그라드에 자생하면서도 이곳에 자생하는 식물은 생각보다 많았지만, 막상 천뇌환을 만드는데 들어가는 재료들은 일치하지 않았다.

하지만 딱 하나, 천뇌환을 만드는 주재료만은 같았다. 그것은 바로 오징어였다.

오징어에는 타우린이 다량 함유되어 있는데, 이것은 피로감을 몰아내고 머리를 맑게 하는 작용을 한다.

또한, 뇌의 기능을 활성화시켜 치매를 예방하는데 효과가 있는 것으로 알려져 있다. 그런 타우린은 치매를 치료하는데도 효과가 있기 때문에 그 치료제가 개발되는 중이었다.

도사들은 이러한 타우린의 효과를 극대화시켜 지체아 치료제를 개발했던 것이다.

유하는 오징어에서 추출한 타우린에 곱게 간 씀바귀와 도라지를 첨가해 환을 만들어냈다.

"흠… 효과가 어떨지 모르겠군."

그가 넣은 씀바귀와 도라지는 도력을 풀어놓은 물을 먹여 키운 것이기 때문에 타우린의 효과를 극대화시키는 역할을 한다.

또한 도라지와 씀바귀의 생약 성분도 극대화시키기 때문에 뇌가 활동하는데 부가적인 기능을 하게 된다.

허나, 이것이 얼마나 효과가 있을지는 아직 알 수가 없다.

그는 자신의 연구실에서 나와 집에서 공부를 하고 있던 유나에게 다가갔다.

한창 공부 중이었던 유나는 유하의 등장에 고개를 갸웃거린다.

"어라? 오빠가 이 시간엔 웬일이야?"

"총명환을 가지고 왔어. 한번 먹어봐."

"총명환?"

"총명탕이라고 알지? 그것과 비슷해."

"…더럽게 맛없는 것 아니야? 저번에 영자네 집에서 먹어본 적이 있는 것 같은데……."

"그래도 몸에 좋아. 한 번 먹어봐."

"알겠어……."

마지못해 약을 먹는 유나, 그녀는 이내 오만상을 찌푸리기 시작한다.

"켁켁! 이게 뭐야!"

"남기지 말고 다 먹어. 몸에 좋은 거야."

"으윽, 그래도 이걸 어떻게 다 먹어?"

"남기면 안 된다. 비싼 거야."

비싼 것이라는 말에 유나는 그것을 악착같이 다 씹어 삼켰다.

꿀꺽!

"다, 다 먹었다!"

"역시……."

돈에 관련된 것이라면 이 세상 누구보다 지독할 그녀이기에 유하는 일부러 값을 운운한 것이다.

이윽고 그는 유나의 머리를 쓰다듬으며 말했다.

"자, 이젠 공부해."

"알겠어."

그녀는 이내 공부를 시작했고, 무려 다섯 시간이 넘도록 책상 앞에 앉아 일어날 생각을 하지 않았다. 심지어 그녀는 유화가 저녁을 차릴 때까지 시간이 지나간 것도 모르고 있었다.

"유나야! 밥 먹자!"

"뭐, 뭐? 벌써?"

"얘는, 지금 시간이 몇 시인데 그런 소리를 해? 공부도 좋은데, 밥은 먹어야지."

"아, 알겠어."

적지 않게 당황하는 유나, 유하는 이내 회심의 미소를 짓는다.

＊　　　＊　　　＊

몇 가지 문제점을 보완하여 만들어낸 천뇌환은 당장이라

도 대량생산에 들어갈 수 있을 정도로 완벽한 상태가 되었다.

유하와 정미주는 이것을 가지고 서울 지방 식약청을 찾았다.

이곳에는 정미주의 지인이 일하고 있기 때문에 절차를 쉽게 절충할 수 있었기 때문이다.

그녀의 지인 강인수는 한창 빈곤하던 시절, 고시원에서 만난 사람이다.

그리 특별한 사이는 아니지만 바로 옆방에서 숙식을 함께했기 때문에 꽤나 안면이 깊은 편이었다.

강인수는 정미주가 건넨 자료를 받고는 그것을 창구에 곧바로 집어넣어준다.

"빠른 처리 좀 부탁해요."

"네, 알겠습니다."

그의 직함은 과장, 아마 모르는 사람이 신청하는 것보다는 결과가 훨씬 더 일찍 나올 것이다.

그녀는 강인수에게 감사의 인사를 전한다.

"고마워요."

"별 말씀을."

천뇌환의 성분은 대부분 생약이나 생약에서 추출한 생약 추출물로 이뤄져 있기 때문에 성분 분석에 큰 무리가 없을 것이었다.

두 사람은 강인수가 알려준 대로 성분 분석에 대한 신청서를 작성했고, 이것을 기반으로 특허 출원과 더불어 천뇌환 판매 허가증을 발급 받을 예정이었다.

이번 분석이 끝나게 되면 한국에서는 천뇌환에 대한 영업 허가가 떨어질 것이다.

그렇게 되면 일본 후생성과 미국 식약청으로 서류를 보내어 수출에 관한 대비도 마칠 수 있게 된다.

까다롭기로 유명한 두 개의 기관에게서 합격 통보를 받는다면 주가도 올라가게 될 테니, 여러모로 이번 성분 분석이 잘 끝나야 한다.

강인수는 그녀에게 명함을 한 장 건넨다.

"아까 들어보니 후생성에도 이 자료를 보낸다고 했지?"

"네, 맞아요."

"그쪽에 안면이 있는 사람이 있어. 전화를 해놓으면 절차에 대해서 친절히 설명해 줄 거야."

"고맙습니다."

"후후, 고맙긴."

이윽고 두 사람은 식약청을 나섰고, 그는 다시 자신의 자리로 돌아갔다.

식약청에 서류를 모두 전달한 후, 유하와 정미주는 인근에 있는 식당가로 향한다.

운전대를 잡은 정미주가 유하에게 메뉴 결정의 권한을 부여했다.

"먹고 싶은 것 있나요?"

"글쎄요, 나는 그냥 밥이 좋습니다."

"밥이라."

그녀는 유하를 데리고 굳이 노량진으로 향한다.

서울 지방 식약청은 양천구에 위치해 있는데, 노량진은 두 사람의 목적지와는 정 반대에 위치해 있다.

서해안 고속도로를 타고 내려가야 하는 두 사람은 동쪽이 아니라 서쪽으로 차를 몰아야 한다.

유하는 굳이 그녀가 노량진으로 차를 모는 이유가 궁금해 졌다.

"왜 하필이면 반대 방향으로 가는 겁니까?"

"와보면 알아요."

고시생들이 군집을 이룬 노량진은 수산 시장과 더불어 각종 고시의 메카라고 할 수 있다.

대부분의 학원들이 노량진에 밀집해 있으며, 원룸과 고시원, 독서실 또한 전국에서 가장 많이 위치해 있다.

아마도 고시를 준비하는 사람이라면 이곳을 거쳐 갔거나, 한 번쯤 들어갈 준비를 해보았을 것이다.

고로, 이곳은 싸고 양이 많은 맛집이 생각보다 많이 위치해 있다.

그녀는 유하에게 엄청난 양의 고기를 제공하는 백반집을 소개하려던 것이었다.

[부자네]

단출한 간판 하나 덜렁 걸려있는 슬레이트 건물의 풍경은 상당히 아담하면서도 곰삭은 냄새가 풍겨나고 있었다.

유하는 그녀가 자신을 데려온 곳이 꽤나 마음에 드는 모양이었다.

"좋군요. 이런 집이 맛이 좋잖아요?"

"맞아요. 맛도 맛이지만 부대찌개에 들어가는 재료가 전국에서 가장 많을 거예요. 내가 자신할 수 있어요."

"그 정도입니까?"

"일단 들어와 봐요. 백문이 불여일견이니까."

그녀의 강권으로 맛보기로 한 부대찌개는 끓이는데 채 10분도 걸리지 않았다.

하지만 그 안에 들어간 재료들은 타의 추정을 불허할 정도로 꽉꽉 들어차 있었다.

가격은 6천원, 2인분 이상만 판매를 한다는 단점이 있긴 하지만 그 모든 것을 감안해도 충분히 먹을 가치가 있어 보인다.

유하는 엄청난 양에 놀라 입을 떡 벌린다.

"이야, 이런 멋진 곳이 있었다니?"

"일단 먹자고요."

두 사람은 허기를 달래기 위해 허겁지겁 부대찌개를 먹어 치우기 시작한다.

유하는 MSG의 맛이 간간히 느껴지긴 했지만 이마저도 장점으로 보였다.

"으음, 좋군요! 부대찌개는 이래야죠."

"그래요. 인공 조미료의 맛이 들어가야 진짜 부대찌개 아니겠어요?"

유하는 거침없이 밥을 먹어치우는 정미주의 모습이 상당히 의외라고 생각했다.

"차가운 도시 여자인 줄 알았는데, 그건 아닌 모양이군요."

"어째서요?"

"당신의 생긴 모습은 스테이크 아니면 안 먹을 것 같습니다. 하지만 생각보다 털털하네요."

"사람이 먹을 것 앞에선 내숭을 버려야 해요. 이 세상 모든 일이 먹고 살자고 하는 일인데, 당연히 잘 먹어야죠."

"뭐, 그렇긴 하군요."

유하는 그녀의 모습에서 점점 인간적인 면모를 찾아가고 있었다.

제7장
버릇없는 공주

 유하의 신약 출시는 그야말로 일사천리로 진행되고 있었
다.

 공장 설립부터 유통망 확보까지, 정미주의 인맥은 불가능
을 가능케 하는 특별한 능력을 갖고 있었던 것이다.

 그녀는 유하가 만든 천뇌환을 방송에 출현시켰는데, 이것
이 시청자들의 뜨거운 환영을 받게 되었다.

 천뇌환이 나온 방송은 다름 아닌 '진실은 어디에' 였는데,
서경국PD는 건강식품에 대한 진실을 파헤치는 중이었다.

 그 와중에 그녀가 천뇌환에 대한 얘기를 해주었고, 그들은

식약청의 분석과 실질적인 기능성을 확인하여 방송에 천뇌환의 분량을 만들어냈던 것이다.

덕분에 고3 자녀들을 둔 많은 학부형들이 천뇌환의 구입처에 대한 문의를 해오는 중이었다.

그리 어려운 영업도 아니었건만, 제약회사 영업직 사원들이 발품을 판 것보다 훨씬 더 좋은 결과를 이뤄내게 된 것이다.

아직 정식 출시가 되기 전임을 감안한다면 앞으로가 상당히 기대되는 천뇌환이었다.

그녀는 여기서 멈추지 않고 조금 더 파격적인 시도를 하기로 결심했다.

그것은 바로 스타 마케팅이었는데, 대한민국 최고의 아이돌을 전속 모델로 기용하여 대대적인 홍보에 나서기로 한 것이다.

입소문은 탈 만큼 탔으니 이것을 TV에 대서특필하여 홍보의 정점을 찍으려는 생각이었다.

정미주는 자신이 자산 관리를 해주던 클라이언트를 통하여 기획사 사장들을 만날 수 있었고, 그중에서 자사의 이미지에 가장 잘 부합하는 아이돌을 찾아냈다.

그녀의 이름은 바로 '수려'였다.

수려는 어린 나이에 아이돌로 데뷔하여 드라마와 영화에

까지 출연하여 한창 주가를 올리고 있는 중이었다.

특히나 영화 '이른 나이의 고백' 이라는 작품에 출현하여 신인상을 거머쥐게 되었는데, 이른 나이의 고백은 무려 800 만의 관객을 동원하였다.

그리고 그녀가 찍은 드라마와 CF가 연이어 대박을 내었고, 덕분에 그녀는 독보적인 존재감을 드러내고 있었다.

원래 수려는 대기업의 CF가 아니면 출연하지 않는 것으로 알려져 있었는데, 신생 회사의 미팅은 아예 수락도 하지 않았다.

그러나 정미주는 인맥을 이용하여 그녀를 미팅 장소로 불러냈고, 결국 매니저와의 동행하에 오디션 아닌 오디션이 진행되었다.

강남 L타워 스카이라운지에서 저녁 늦게 약속을 잡은 정미주는 유하와 함께 간단한 음주를 즐기고 있었다.

"한 잔 합시다."

"그래요."

오늘의 약속은 아주 자유로운 분위기에서 진행되는 오디션을 지향했기 때문에 유하는 칵테일이나 한 잔 하면서 그녀를 기다리기로 한 것이다.

하지만 수려는 무려 세 시간이나 지났음에도 불구하고 약속 장소에 나타나지 않고 있었다.

매니저 역시 바쁘다는 핑계로 자꾸만 도착을 미루고 있었다.

덕분에 두 사람은 때 아닌 칵테일로 파티를 즐길 수밖에 없었던 것이다.

"콧대가 높긴 높군요. 사람을 이렇게까지 기다리게 만들다니."

"몸값이 비싸니 어쩔 수 없지요. 우리가 신생 회사라는 것을 감안하면 약속을 잡은 것 자체가 기적이라고 해야 할 거예요."

"흠……."

아무리 아이돌이라곤 해도 약속 시간을 세 시간이나 어기면서 다녀야 할 만큼 여유가 없진 않을 것이다.

또한 무려 일주일 전부터 잡은 약속에 세 시간이나 늦는다는 것은 상식적으로 말이 되지 않는다.

한마디로 지금 이 상황은 그녀가 허세를 부리기 위해 만들어낸 일이라는 뜻이었다.

하지만 유하가 영향력이 있었다면 이런 말도 안 되는 일이 벌어지지도 않았을 터, 그는 인내심을 갖고 그녀를 기다리기로 한다.

그렇게 기다린 지 한 시간, 드디어 야밤에 선글라스를 쓴 수려가 스카이라운지로 들어선다.

꼿꼿한 자세와 도도한 눈매, 유하는 TV에서 보던 그녀는 만들어진 이미지라는 것을 알 수 있었다.

수려는 국민 여동생, 혹은 첫사랑 후보로 거론되며 엄청난 인기를 구가하고 있었다.

하지만 실상은 그와 정반대의 인물이었던 것이다.

"당신들이 영천제약인가 뭔가에서 나온 사람들인가요?"

"강유하라고 합니다."

유하가 그녀에게 먼저 악수를 건넸으나, 그녀는 웃는 얼굴로 악수를 거부한다.

"됐어요. 난 가난한 사람들과는 악수 안 해요."

"…그렇군요."

"아무튼 여기까지 왔으니 앉기는 해야겠군요."

그녀는 아주 느릿한 시선으로 매니저를 바라보았고, 그는 재빨리 의자를 빼어 그녀가 앉기 편하도록 했다.

원래 서양의 매너인 의자 빼주기는 한국에선 거의 하지 않는 행동이다.

하지만 그녀는 모든 것을 자신의 손으로 건드리지 않는 모양인지, 아주 자연스럽게 의자에 앉았다.

그리곤 매니저에게 가방과 선글라스를 건네며 말했다.

"차에 가져다 놔."

"알았어."

"아참, 그리고 올 때 미네랄워터 사오는 것 잊지 말고."

"응."

이제 스무 살, 너무 이른 나이에 성공을 거둔 탓인지 겸손함이라곤 아예 찾아볼 수도 없는 모습이었다.

하지만 유하의 입장에선 이 모든 것을 받아주어야 할 수밖에 없다.

그는 애써 웃는 낯을 만들어낸 후, 매끄럽게 말을 이어나갔다.

"우선, 바쁘신 가운데 시간을 내주셔서 감사드립니다."

"바쁘긴 하죠. 하지만 어쩌겠어요? 대표님이 애걸복걸하시는데, 안 나갈 수가 있어야죠."

"그, 그렇군요."

유하가 먼저 입을 연 덕분에 정미주는 자신이 끼어들 틈을 만들어낼 수 있었다.

그녀는 우선 일에 대한 얘기부터 꺼냈다.

"바쁘신 것을 잘 알기 때문에 우선 용건부터 말씀드리겠습니다. 우리 회사의 광고 모델을 해주셨으면 하는데요, 어떤가요?"

"광고 모델? 제가 그쪽의 광고를 왜 맡아야 하는 거죠?"

"우선, 수익성을 보장해드리겠습니다. 지금 받으시는 페이

의 5%를 더 드리겠습니다. 어때요?'

"흠……."

보통 아이돌은 기획사에서 가져다 준 일감을 거의 마다하지 않고 수락한다.

때문에 데뷔가 오래된 아이돌의 경우엔 '흑역사' 혹은 '잔혹사' 라는 타이틀로 과거의 영상이 코미디 소재로 활용되기도 한다.

당시엔 자신을 알리는 것만이 최우선 사항이기 때문에 일을 마다하지 않는 것이다.

그러나 수려의 경우엔 모든 것을 자기중심적으로 처리할 수 있는 권한이 생기게 된다.

아무리 소속사에서 강권한다고 해도 자기가 싫으면 끝인 것이다.

그녀는 돈을 더 준다는 소리에 조금 혹하긴 했지만, 여전히 출연에는 관심이 없는 것 같았다.

"일단 생각은 해볼게요. 하지만 출연을 확정하는 것은 힘들어요."

"뭐, 그렇게라도 해주신다면……."

"다만, 조건이 하나 있어요."

"말씀하시죠."

"CF의 규모는 무조건 50억 이상이어야 해요."

"50억이요?!"

"아무리 내가 자연 친화적인 이미지라곤 해도 CF의 크기가 작으면 되겠어요? 적어도 50억은 되어야죠."

"그, 그건……."

"그게 아니라면 아예 생각조차 하지 않겠어요."

광고 한 편에 50억이라는 돈을 쏟아 붓는 경우는 아예 전례를 찾아보기 힘들 정도다.

아무리 몸값이 비싼 연예인이라고 해도 1년에 30억이 넘지 않는다.

광고 비용이라는 것은 모델료를 포함한 것이기 때문에 그녀에게 30억을 지불한다고 해도 무려 20억이라는 돈이 남는다.

도대체 무슨 광고를 어떻게 해야 20억이라는 돈이 나올 수 있는지, 정미주는 황당해서 말도 잘 나오지 않는다.

"영화를 찍는다고 해도 그런 엄청난 돈은 나오기 힘들 겁니다. 아무리 블록버스터급으로 간다고 해도……."

"힘들면 안 하면 되죠."

"……."

가만히 얘기를 듣고 있던 유하가 불현듯 입을 연다.

"좋습니다. 50억에 합의 봅시다."

"네, 네?"

"까짓 것, 50억짜리 광고를 만들면 되는 것 아닙니까?"

정미주는 무슨 못 볼 것이라도 보았다는 듯이 화들짝 놀라서 유하를 바라본다.

하지만 정작 본인은 큰 문제를 못 느낀 것 같았다.

"지금 모델료로 얼마나 받으시죠?"

"4억쯤 되죠."

"모델료로 5억 드릴 테니 CF 한 편 찍읍시다. 어때요?"

"으음……."

"거기에 CF는 블록버스터급으로 갑니다. 촬영 자체를 외국에서 진행하고, 당신에게 전세기를 지원하겠습니다."

"전세기요?"

"당신은 걸어 다닐 필요도 없습니다. 그냥 이동할 때엔 비행기를 타고 다니면 되는 겁니다."

부의 상징이며 권력의 마침표로 알려진 전용기는 모든 스타들이 꿈꾸는 물건이다.

아직 그녀는 전세기는커녕 경비행기 한 번 타보지 못한 사람이다.

수려는 단박에 유하의 제안을 받아들인다.

"좋아요. 전세기 대절이라니, 해볼 만하겠어요."

"그래요, 잘 생각한 겁니다."

이렇게 파격적인 조건을 내걸 줄은 꿈에도 몰랐던 정미주는 그저 눈만 끔뻑이고 있다.

"부사장님, 이대로 계약을 진행하시죠."

"……."

이런 기회가 흔치 않다는 것을 잘 아는 유하로선 어떻게 해서든 그녀를 잡아야겠다는 생각뿐이었다.

하지만 정미주는 철저하게 모든 순익을 따져가며 계약을 진행시키고 있었다.

그녀가 지금 패닉에 빠져드는 것도 무리는 아닐 것이다.

그렇지만 그녀 역시 이번 기회를 놓치면 안 된다는 것을 알고 있기에 화를 꾹꾹 눌러 참았다.

"…계약은 내일 소속사에서 하는 것으로 하시죠."

"그래요. 와우, 전세기라니. 기대가 되는군요."

"……."

수려의 말도 안 되는 제안 때문에 제정이 구멍이 나버린 정미주는 벌써부터 걱정이 앞서는 듯했다.

하지만 유하는 앞으로 광고로 벌어들일 자금을 생각하고 있었기에, 둘은 동상이몽을 경험하고 있는 셈이었다.

*　　　*　　　*

이른 아침, 유하는 서울에 있는 광고기획사를 찾아가는 중이었다.

그의 곁에는 오늘도 어김없이 정미주가 앉아 있었는데, 그녀의 얼굴에선 차가운 기운이 풀풀 풍겨나고 있다.

유하는 기어들어가는 목소리로 그녀에게 묻는다.

"아직도 화가 많이 났습니까?"

"…괜찮아요."

"전혀 괜찮지가 않은 것 같아서 물어보는 것 아닙니까?"

순간, 그녀는 운전대를 잡은 유하의 팔뚝을 꼬집어 확 비틀어버렸다.

쫘득!

"아, 아아……!"

"사람이 어쩜 그래요? 아무리 그녀를 잡고 싶어도 그렇지 50억이나 쓰고 나면 도대체 우리는 무슨 돈으로 물건을 만들어요?"

"내 개인 자산이 좀 있습니다. 그것으로 일단 초도 물량을 잡도록 합시다. 그리고 난 후엔 물건을 판 대금으로 다시 물량을 확보하고요. 어떻습니까?"

"…속 편해서 좋겠네요."

"미안합니다. 그때가 아니라면 도저히 그 여자를 잡을 수 없을 것 같아서 말입니다."

그녀는 씁쓸한 얼굴로 고개를 끄덕인다.

"뭐, 그렇긴 했어요. 그 아이가 워낙 싸가지가 없어서 말이죠."

"그런 사람에겐 허영심을 채워주는 것이 중요합니다. 짧은 경험이긴 하지만 저 나이엔 전세기 같은 화려함이 가장 좋은 미끼로 작용하는 것 같더라고요."

"후우… 그렇긴 하지만 50억은 너무 심했어요."

"50억으로 500억, 5,000억을 만들어내면 되는 것 아닙니까? 너무 신경 쓰지 말아요."

"일단… 알겠어요."

그녀는 생각보다 남의 얘기를 잘 들어주고 잘 수긍하는 편이다.

더군다나 이미 엎질러진 물에 대해선 거의 신경을 쓰지 않기 때문에 회복도 빠른 측에 속한다.

유하는 그런 그녀가 사업 파트너로 들어온 것이 어쩌면 천운이라고 생각했다.

"아무튼 50억에 맞는 광고가 과연 뭐가 있을지 알아보자고요. 참, 이 엄청난 돈으로 광고를 만들면 폼이 좀 나오긴 하겠네요."

"후후, 그러게 말입니다."

처음엔 길길이 날뛰며 반대를 하던 그녀였지만 막상 계약을 하고 나니 오히려 편해진 것 같았다.

혹시나 이번 일로 갈라서는 일이 생기면 어쩌나 했던 유하이지만, 이제는 그녀에 대한 믿음이 조금 생기는 듯했다.

아마도 신뢰라는 것은 이런 사건이 벌어지고 나서야 단단히 굳어지는 모양이다.

TV광고 제작만 30년 넘게 해온 초대형 기획사 '아침'은 견적서를 내는데 있어 상당히 고심하는 것 같았다.

아무리 규모가 큰 광고라곤 해도 50억 대의 광고는 그리 흔하지가 않았기 때문이다.

광고사 아침의 여명준 이사는 천뇌환의 광고를 해외 5개국에서 로케이션으로 촬영하자고 제안했다.

"첫 번째 광고는 발리, 두 번째는 블루라군, 세 번째는 괌, 네 번째는 오세아니아, 다섯 번째는 다시 한국 제주도에서 찍는 것으로 하시죠."

"흠, 그렇게 되면 일정에 무리가 생기지 않을까요?"

"괜찮습니다. 전세기를 대절하시는 것이라면 모델의 체력에도 문제가 없을 테고, 스태프들의 집중력에도 영향을 주지 않을 겁니다."

유하는 민간항공사에서 정말로 비행기를 대절했는데, 보름 간 자유롭게 비행을 할 수 있는 조건이었다.

사실, 제작비에서 이 부분이 가장 큰 축을 차지하게 되었지만 해외 로케이션을 도는데 무리가 없도록 보완이 되는 효과를 가져왔다.

허세에 찌든 그녀를 위한 쇼맨십이긴 했으나, 결과적으론 아주 유용한 이동수단을 확보하게 된 셈이었다.

처음엔 50억이라는 돈을 사용하는 것이 아까워 전전긍긍하던 그녀도 이젠 제법 수긍을 하는 눈치다.

"좋아요. 대신, CG를 최대한 배제하고 광고를 찍자고요. 그래서 올 로케이션을 도는 것이고요."

"뭐, 그러서도 됩니다."

이젠 정말로 긍정적인 태도로 일관하게 된 그녀가 다시 일을 맡게 되니 역시 진행도 일사천리다.

"그럼 다음 주에 출발하는 것으로 하고 감독과 스태프를 섭외해 주십시오."

"그래요, 그렇게 합시다."

이미 광고의 컨셉은 정해졌으니 유능한 감독과 스태프들만 갖추어지면 곧장 광고 촬영에 들어갈 수 있을 것이다.

유하와 정미주는 광고 촬영을 위한 준비를 서두르기로 했다.

*   *   *

유하가 대절한 전세기는 인천국제공항에서 출발하여 인도네시아 자카르타 공항으로 향하도록 되어 있다.

그곳에 숙소를 꾸린 후, 하루의 촬영 분을 모두 소화하고 다음 촬영지로 이동하게 될 것이다.

이른 아침, 촬영감독과 스태프들은 바쁘게 움직여 전세기에 짐을 적재하고 있다.

"조명과 카메라는 공기 포장으로 더욱 더 신경을 쓰고 나머지는 소형 컨테이너에 적재한다."

"예, 조감독님."

조감독의 지휘아래 준비가 차근차근 이뤄지고 있었고, 유하 역시 현지의 숙소를 예약하고 촬영지를 안내할 현지 가이드도 섭외를 점검하고 있었다.

아침부터 다들 바쁘게 움직이고 있었으나, 여전히 수려는 모습을 드러내지 않고 있다.

유하는 스케줄을 모두 확인한 후, 수려의 도착 시간을 확인해 본다.

"강유하입니다. 수려씨는 언제쯤 도착합니까?"

─이제 막 출발했습니다. 곧 가니까 걱정하지 마십시오.

순간, 유하가 고개를 갸웃거린다.

"뭐, 뭐라고요?"

─곧 출발했다고요. 수려가 아침잠이 좀 많아서 늦었네요.

서울에서 인천까지는 대략 1시간 30분, 출근 시간대임을 감안하면 두 시간은 족히 걸릴 것이다.

그럼에도 불구하고 이 시간에 겨우 일어나 출발한다는 것은 있을 수도 없는 일이었다.

"…최대한 빨리 와주십시오. 스태프들은 이제 거의 준비를 끝냈단 말입니다."

―조금만 기다려주세요. 우리 수려를 모델로 기용하는데 이 정도도 못 기다려서 어쩌자는 겁니까?

"……."

유하의 표정이 딱딱하게 굳어가자, 정미주가 중간에 전화를 가로챈다.

"아, 네, 알겠습니다. 최대한 빨리 도착할 수 있도록 부탁 좀 드립니다!"

―노력은 해볼게요.

완전 안하무인에 경우도 없는 태도였지만 정미주는 애써 그것을 다 받아들이고 있다.

이 시점에서 화라도 냈다간 계약이 엎어질 것임을 너무나도 잘 알고 있었던 것이다.

그녀는 유하의 어깨를 두드리며 말했다.

"잘 참았어요."

"…순간적으로 화를 낼 뻔했어요, 고맙습니다."

"뭘요."

여러모로 의지가 되는 그녀다.

세 시간 후, 그녀가 도착했다.

검은색 벤에서 내린 그녀는 아주 뻔뻔하게 인사도 없이 전세기에 올랐다.

할 수만 있다면 그녀를 집으로 돌려보내고 싶은 마음이 굴뚝같은 유하였지만, 애써 미소를 짓는다.

"필요하신 것은 없습니까?"

"지금은 딱히 없어요. 만약 해주실 것이라면 가는 동안 먹을 간식이나 유기농 제품으로 사다줘요."

"알겠습니다."

스태프는 촬영장에 세 시간이나 늦게 나타난 그녀에게 곱지 않은 시선을 보내고 있었으나, 그녀는 별 대수롭지 않게 생각하는 것 같았다.

몇몇 스태프는 촬영을 포기하는 것이 낫지 않나 생각하고 있었으나, 그래도 팀의 생존을 위해선 어쩔 수 없이 속행하는 쪽으로 결론이 났다.

유하는 촬영을 시작하는 것조차 이렇게 쉽지 않은데, 과연 촬영을 제대로 끝낼 수 있을지 의문이 들었다.

하지만 조금이라도 손해를 보지 않으려면 꾹 참고 진행을 하는 수밖에 없다.

'참을 인 자 세 번이면 살인도 면한다고 했다. 참자……'

그는 입을 꾹 다물고 비행기에 올랐다.

*　　　*　　　*

인도네시아 최고의 관광지인 발리, 이곳에서 천뇌환의 광고가 촬영되고 있었다.

찰칵, 찰칵!

"좋습니다! 웃으세요!"

수려는 국민 여동생의 타이틀에 걸맞게 아주 자연스러운 연기와 포징으로 촬영에 임하고 있었다.

너무 구제불능이라 과연 촬영 자체가 가능할까 하는 걱정이 들었던 유하는 자신이 괜한 걱정을 했다고 생각했다.

아무리 개념이 없어도 역시 프로는 프로였던 것이다.

영상을 제작하는 사람들도 그림이 잘 나오니 좋고, 사진을 촬영하는 작가도 표정이 살아 있으니 한껏 신이 나 있었다.

"좋습니다, 컷! 오케이!"

그녀는 단 한 번의 실수를 용납하지 않는 철두철미함을 가지고 있었는데, 카메라만 있으면 어떻게 해서든 촬영을 이끌어나가는 추진력도 있었다.

평소의 안하무인은 촬영장에선 허용되지 않는 것이 그녀의 철칙인 모양이었다.

정미주는 그녀의 촬영 현장을 바라보며 실소를 흘린다.

"세상에… 저렇게 깔끔하게 웃을 수 있다니, 원래의 얼굴은 도대체 어디로 간 것인지 모르겠네요."

"그래서 배우는 천의 얼굴이라고 부르는 모양입니다."

만약 이대로라면 굳이 숙소를 잡을 필요도 없이 곧바로 곾으로 떠나도 될 정도다.

섭외가 어려웠던 만큼 그녀는 주변을 실망시키지 않았는데, 이것이 바로 그녀가 개념이 없음에도 불구하고 광고계 섭외 1순위인 이유였던 모양이다.

오늘의 촬영은 단 한 번의 NG도 없이 끝을 맺었고, 그녀는 유하에게 쉬지 않고 다음 장소로 이동할 것을 건의한다.

"전세기니까 기다릴 필요 없이 바로 이동할 수 있죠?"

"물론입니다."

"좋아요. 그럼 다음 장소로 이동하시죠. 이곳에서 더 있어 봐야 덥기만 하지, 쓸모도 없잖아요?"

"알겠습니다. 곧바로 비행을 준비하도록 하겠습니다."

유하는 곧장 비행기를 타고 케플라비크 국제공항으로 향한다.

아이슬란드 최고의 명소로 손꼽히는 블루라군은 평균 온도가 40도에 이르는 지열 온천이다.

지상 최고의 낙원이라는 수식어가 꼬리표처럼 따라붙는 곳이기 때문에 광고와 영화 촬영지로는 거의 1순위로 손꼽히기로 한다.

케플라비크 국제공항에서 13km가량 떨어진 블루라군은 전세기를 이용해서 가기엔 무리가 있는 곳이다.

때문에 공항에서부터는 차를 타고 이동해야 했으나, 문제는 바로 모델 수려가 차를 타지 않겠다고 우기는 것이었다.

그녀는 전세기를 대절한 것으로 모자라 자가용 경비행기를 렌탈하여 사용하고 싶다고 떼를 쓰고 있었다.

유하는 벌써 몇 번째 그녀를 설득하고 있지만, 그녀는 여전히 요지부동이다.

"비행기만 타고 다니게 해준다면서요? 그런데 이제 와서 차를 타라는 것은 뭐죠?"

"상황이 좀 특별하지 않습니까? 이번 한 번만 봐주시지요."

"싫어요."

"하지만 지금 비행기를 구하는 것은 상당히 힘들기 때문에……."

"그럼 별 수 없죠. 다시 한국으로 돌아가는 수밖에."

도저히 말이 통하지 않는 그녀, 유하는 슬슬 인내심에 한계가 오는 것을 느낀다.

　'촬영을 확 접어버리고 싶군…….'

　그러나 그는 한 회사의 대표다. 당연히 화를 내기보다는 조금 더 타이르는 쪽으로 생각을 돌렸다.

　"그러지 마시고 한 번만 봐주시지요."

　"글쎄, 싫다니까요?"

　"그렇지만 사정이라는 것이 언제라도 바뀔 수 있는 것 아니겠습니까?"

　"그럼 나도 사정이 바뀌었으니 언제라도 한국으로 돌아갈 수 있는 것 아닌가요?"

　"그, 그건……."

　그녀의 앞에서 진땀을 흘리고 있는 유하, 그런 그에게 구원의 손길이 내려온다.

　"경비행기를 구했습니다."

　"미주씨?"

　"마침 공항에 경비행기를 모는 사람이 상주하고 있더라고요. 잘 알려지진 않았지만 꽤나 경력이 오래 되었데요. 그것을 타면 될 거예요."

　"다행이군요. 공항이 그런 사람도 상주하고 있고."

　"그러게 말이죠."

정미주는 새침한 표정으로 일관하고 있던 그녀에게 탑승을 권유한다.

"비행기가 좋아요. 타보면 확실히 느낄 수 있을 거예요."

"그래, 이제야 말이 좀 통하네요. 좋아요. 촬영장으로 이동하자고요."

"가시죠."

유하는 그녀를 수행하여 비행기에 오르는 정미주가 정말이지 이젠 친한 친구처럼 느껴졌다.

아마도 동료들을 두고 가족이라고 말하는 것은 이런 이유 때문이 아닐까 생각하는 유하다.

*   *   *

촬영 팀은 차로, 유하와 수려는 비행기를 이용해 블루라군까지 이동하기로 했다.

그녀는 자신 말고 다른 여자가 옆자리에 앉는 것을 상당히 불쾌해했기 때문에 정미주는 차로 이동하고 유하는 비행기에 태웠다.

마침 차의 정원이 다 차는 바람에 어쩔 수 없이 비행기에 탄 유하는 매니저가 얼마나 극한 직업인지 지켜보고 있다.

"물."

"응, 잠시만."

"나, 배고파. 물 가지고 올 때 유기농 딸기도 좀 씻어다
줘."

"그래, 알겠어."

그는 수려를 위해 무려 10인분의 짐을 혼자서 들고 다니고
있었는데, 그중에 두 개는 유기농 과일과 과자들이었다.

신생아들만 먹는다는 유기농 과자부터 유럽에서 물 건너
온 미네랄워터까지, 평소에 먹는 것이 아니면 입에도 대지 않
는 그녀이기에 벌어진 일이다.

수려의 매니저 구성태는 싱크대도 없는 비행기에서 일일
이 생수로 딸기를 하나하나 씻어서 그녀의 앞에 대령했다.

그것도 먹기 좋게 꼭지까지 전부 다 제거한 후에 깔끔하게
네 등분하여 접시에 담지 않으면 손도 안 대는 그녀다.

때문에 딸기 하나 준비하는데 걸린 시간은 무려 10분, 그동
안 그녀는 한가롭게 매니저의 좌석에 다리를 척 하니 걸치고
앉아 핸드폰을 만지작거렸다.

유하 역시 별에 별 일을 다 해본 사람이지만 구성태만큼 고
생을 심하게 해본 적이 없다고 생각했다.

만약 그에게 수억의 연봉을 줄 테니 매니저로 취직하라면
백 번 다 고개를 저을 유하였다.

'불쌍하군.'

하지만 모든 사람은 사는 세계가 다르기 때문에 당사자는 과연 어떻게 느끼고 있을지는 미지수다.

구성태가 딸기를 씻어 그녀에게 가지고 갔고, 이제 비행기는 슬슬 블루라군에 근접해 가고 있었다.

바로 그때, 뭔가 비행기 기체에 결함이 생긴 것처럼 온 좌석이 덜덜 떨리기 시작했다.

덜덜덜덜—!

"어, 어어……?"

"이거 왜 이래요? 무슨 문제 있는 것 아니에요?"

비행사는 잔뜩 경직된 얼굴로 사태를 파악해나갔고, 이내 난감한 표정을 짓는다.

"에, 엔진 결함인 것 같은데요?"

"뭐라고요?!"

"결함이 있긴 하지만 큰 문제는 아닙니다. 잠시 바다에 내려 손을 보면 될 것 같군요."

"…안전하긴 한 거죠?"

"물론입니다. 너무 걱정하지 마세요."

웃는 얼굴로 그녀를 안심시키는 조종사, 하지만 사태는 전혀 그렇지 않은 것 같았다.

탈탈탈탈— 끼익—!

"어, 어라?!"

"비행기가… 멈춘 것 같은데요?"

"이런 빌어먹을!"

바다 위를 날아가던 비행기가 공중에서 멈춰서는 사고가 발생했고, 유하 일행은 그대로 불시착을 시도하는 신세가 되어버렸다.

쐐에에에에엥!

"꺄아아아아악!"

"안전벨트를 매세요! 그편이 좀 나아요!"

"낫긴 뭐가 나아요! 이대로 죽게 생겼는데!"

"불시착을 제대로 하면 죽진 않을 겁니다! 꽉 잡아요!"

시커먼 연기를 내뿜으며 추락하는 비행기, 유하는 자신에게도 절체절명의 위기가 찾아왔음을 직감했다.

제8장
불시착

아이슬란드 남서부 해협, 이곳으로 유하를 태운 경비행기가 빠른 속도로 추락하고 있었다.

쐐에에에에에엥!

"이런 젠장……!"

아무리 유하라곤 해도 이 정도 높이에서 떨어진다면 목숨을 부지하기 힘들었다.

아직 현운과 자라가 제대로 된 힘을 발휘하지 못하기 때문에 조력자의 도움을 기대할 수도 없다.

한마디로 그는 비행기가 안전하게 불시착하길 기대할 수

밖에 없는 것이다.

비스듬한 각도를 유지하며 떨어져 내리는 비행기, 조종사는 반반의 확률이라며 일행을 안심시킨다.

"꽉 잡아요! 운이 좋으면 살 수 있어요!"

"흑흑! 난 아직 스무 살이란 말이에요! 이대로 죽을 순 없어요!"

"그래서 꽉 잡으란 말입니다! 정신을 놓으면 안 돼요!"

아마도 그녀는 자신이 왜 경비행기를 타자고 우겼는지 속으로 엄청난 후회를 쏟아내고 있을 터였다.

하지만 그런 후회는 스스로를 나약하게 만드는 주문일 뿐이다.

유하는 그녀의 손을 꼭 잡으며 말했다.

"안 죽습니다! 그러니 너무 실망하지 말아요!"

"흑흑……."

바로 그때, 비행기가 이제 드디어 수면 위를 스치듯 지나가기 시작한다.

촤락― 촤라락―!

가까스로 물을 박차며 떨어진 비행기는 제대로 불시착할 수 있을 것으로 보였다.

50 대 50의, 확률이 좋은 쪽으로 기울어진 모양이었다.

"사, 살았나?!"

"저, 정말요?!"

모두가 생존을 의심치 않았고, 조종사 역시 그렇다고 확신하는 중이었다.

하지만 진정한 위기는 바다에 불시착한 그 시점부터 발생한다.

끼기기기기긱—!

"아, 암초지대?"

"뭐, 뭐라고요?!"

"이 근방은 암초지대인 모양입니다! 비행기 아랫부분에 긁히는 소리가 났어요!"

"이런 제기랄!"

거대한 암초들이 가득한 해안에 불시착하게 되면서 이제는 충돌로 사망할 위험에 노출된 셈이었다.

물 위를 스치듯 날아가던 비행기의 바닥에 다시 한 번 날카로운 쇳소리가 들린다.

끼기기기기긱—!

"꺄아아아아악!"

"이런 젠장, 꽉 잡아요!"

그리고 잠시 후, 비행기의 바닥이 암초로 인해 벗겨지는 대참사가 벌어지고 만다.

끼기긱, 촤라라라락!

바닥이 벗겨진 비행기는 그대로 중심을 잃고 좌로 회전해 버렸고, 유하는 그대로 바닷물에 머리를 부딪쳐 버렸다.

퍼억!

"크헉……!"

재빨리 머리를 보호하여 즉사는 면했으나, 이런 망망대해에서 물에 빠지면 십중팔구 익사를 할 것이 분명했다.

하지만 야속하게도 상황은 유하의 편이 아니었다.

그는 바닷물에 머리를 부딪쳐 버렸고, 그 충격으로 비행기 밖으로 튕겨져 나가버렸고, 이내 머리가 하얗게 물들어 버렸다.

'젠, 장…….'

이내 그는 정신을 잃고 말았다.

*   *   *

같은 시각, 촬영팀은 아무리 기다려도 오지 않는 유하에게 계속해서 전화 연결을 시도했다.

하지만 여전히 그는 전화를 받지 않는다.

―고객님의 전화기의 전원이 꺼져 있어…….

정미주는 유하가 전화를 받지 않는다는 것이 좀 이상하다고 생각했다.

"무슨 일이 있나? 이렇게 전화를 안 받을 사람이 아닌데……."

촬영에 지장이 생기면 도대체 얼마나 큰 손실을 입는지 잘 아는 유하가 이렇게 무단으로 부재중일 리가 없다고 생각한 그녀는 비행사에게 전화를 걸어보았다.

하지만 그 역시 전화를 받지 않았고, 수려와 그녀의 매니저 역시 전화를 받지 않았다.

순간, 그녀는 뭔가 일이 좀 잘못되었다는 것을 깨달았다.

"아무래도 이상해요. 공항에 전화를 해봐야 할 것 같아요."

"공항이요?"

"경비행기의 GPS장치를 추적할 수 있는 기계가 있으니 위치를 알아낼 수 있겠죠. 만약 비행이 잘못되었다면 그 위치라도 잡을 수 있을 거예요."

"만약 잡히지 않는다면요?"

"…최악의 상황인 것이지요."

정상적인 비행기는 GPS 장치가 달려 있기 때문에 해당 위치를 알아내는 것은 그리 어려운 일이 아니다.

하지만 뭔가 문제가 생겼을 때엔 위치를 추적할 수 없게 된다.

이를 테면 전자 기기의 문제라든지, 아예 비행기 자체가 파손된 원초적 문제도 한 몫을 한다.

둘 중에 하나라도 막상 일어난다면 보통 일이 아닌 것이 된다.

일단 그녀는 공항에 전화를 걸었고, 경비행기가 출발할 때 받아두었던 GPS 인식 정보를 통보해 주었다.

그러자, 공항에선 경비행기의 위치를 잡기 위해 기계를 가동시켰다.

하지만 이내 공항 직원은 화들짝 놀란 목소리로 말했다.

—크, 큰일입니다! 신호가 안 잡혀요!

"뭐, 뭐라고요?!"

—일단 긴급 구조 팀에 연락해서 경비행기가 추락했는지에 대한 여부를 확인해 보겠습니다. 잠시만 기다려 주십시오.

순간, 그녀는 망연자실한 표정을 지었고 촬영팀은 패닉에 빠져들고 말았다.

*   *   *

한 점의 빛도 들어오지 않는 차가운 동굴, 그 앞으론 아이슬란드 남부의 미지근한 바닷물이 넘실거리고 있다.

쏴아아아—!

아이슬란드는 국토의 70% 이상이 빙하로 이뤄져 있지만 기후가 극한으로 내려가지는 않는다.

북부는 쌀쌀한 날씨가 계속되지만, 남부는 적당한 바람과 맥시코 만류의 따뜻한 물의 영향으로 사계절 내내 따뜻한 기온이 지속되기 때문이다.

또한, 레이캬네스는 거대한 구릉지대와 산맥으로 이뤄져 있는데, 이곳은 관광객의 트래킹 장소로도 많이 이용되곤 한다.

하지만 현지인의 안내가 없다면 십중팔구 길을 잃어 객사를 하기 좋은 곳이기도 하다.

더군다나 아이슬란드는 화강암으로 이뤄진 섬이기 때문에 지하자원이 풍부하다. 그리고 그와 동시에 무수히 많은 동굴을 가지고 있기 때문에 동굴에 잘못 들어가면 미아가 되어 죽을 수도 있다.

"으음⋯⋯."

극심한 갈증을 느끼며 정신을 차린 유하는 그런 레이캬네스의 한 동굴에서 정신을 차렸다.

자갈과 화강암으로 이뤄진 레이캬네스의 해변가에는 갈매기를 비롯한 조류가 군집을 이루고 있었는데, 이 동굴 안에는 그런 풍경이 전혀 펼쳐지지 않고 있었다.

"사, 살았나⋯⋯?"

한참이나 그 자리에 누워 정신을 가다듬던 유하는 이내 주변을 둘러보며 상황을 파악해 나가기 시작했다.

아이슬란드에 처음 와보는 유하로선 이곳이 과연 어디인지 알 수가 없었고, 그저 이곳이 거대한 동굴이라는 것만 알 수 있었다.

하지만 그것도 잠시, 엄청난 허기와 갈증이 그의 몸을 엄습해 왔다.

"젠장……."

일단 식량을 찾아서 동굴 안을 걸어 다니던 그는 수려의 간식 가방을 발견했다.

"머, 먹을 것?!"

거의 반쯤 미친 사람처럼 간식 가방을 손에 집은 유하는 그 자리에 앉아서 신선한 과일들을 우걱우걱 먹어 치우기 시작했다.

"쩝쩝쩝……!"

그렇게 배를 채운 후, 드디어 정신을 차린 유하는 자신의 주변을 조금 더 자세히 관찰할 수 있었다.

우선은 자신을 제외한 누군가가 살아 있을지도 모른다는 생각에 그리 멀지 않은 곳부터 수색하기 시작했다.

"이봐요! 누구 없어요?"

─없어요?

이 거대한 동굴에는 그 흔한 동물 한 마리 살고 있지 않았는지 오로지 그의 목소리만 메아리쳐 되돌아오고 있었다.

이 엄청난 크기의 동굴, 유하는 막막함을 느꼈다.

"뭐야? 도대체 여긴 어디인 거지……?"

일단 당분간 먹을거리는 확보하였지만 도무지 어디가 출구이고 어디가 입구인지 알 수가 없는 상황이었다.

또한, 그의 머리 위로는 아주 조금씩 햇살이 언뜻 스치는 것 같았는데, 아마도 빛이 굴절되어 들어오기 때문인 것 같았다.

"난감하군……."

극한의 추위나 혹독한 더위가 있는 곳은 아니었지만, 아이슬란드의 동굴은 무려 200m높이의 기암절벽으로 이뤄져 있었다.

아마도 이곳을 오르기 위해선 등산 장비가 필요할 것이고, 지금의 유하로선 도저히 벽을 오를 수 없었다.

만약 충분한 도력을 가지고 있다면 모를까, 지금과 같은 상황에선 도저히 힘을 쓰기가 힘들었다.

그렇다면 남은 방법은 단 하나, 도력 없이 이곳을 빠져나가야 한다는 것이었다.

"별 수 없군."

그는 간식 캐리어를 끌고 무작정 동굴을 거닐었다.

　　　　　*　　　*　　　*

　도보로 걸어 다닌 지 무려 반나절, 이제 슬슬 체력에 한계
가 오는 것을 느끼는 유하다.

　"…힘들군."

　공장을 세운다고 도환을 대량으로 사용한 터라 그는 몸속
에 도환을 충분히 쌓을 겨를이 없었다.

　때문에 지금 현운을 부르고 싶어도 도력이 모자라 그럴 수
가 없는 상황이었다.

　만약 현운을 소환할 수 있다면 자라 역시 불러들일 수 있기
때문에 최소한 해안 동굴에서 조난을 당하는 어처구니없는
일은 벌어지지 않았을 것이다.

　하지만 지금 그는 사람의 흔적이라곤 전혀 찾아볼 수도 없
는 해안가에 갇혀 출구를 찾는 신세가 되어버린 것이었다.

　지겹도록 펼쳐진 해변을 무작정 걸어 다니던 바로 그때, 어
디선가 사람의 목소리가 들려온다.

　"살려주세요……!"

　"수려?"

　유하는 목소리의 진원지를 찾아 발걸음을 옮겼고, 마침내
그녀가 있는 곳을 찾아낼 수 있었다.

"수려씨?"

"가, 강 사장님?!"

그녀는 화강암 지대에 하반신이 끼어 전혀 움직일 수 없는 상황이었다.

울퉁불퉁한 화강암 지대에 나 있던 구멍에 골반이 끼이면서 꼼짝도 할 수 없게 되어버린 것이었다.

유하는 일단 먹을 것을 내려놓고 그녀의 구조부터 진행하기로 한다.

"골반이 끼었군요."

"어, 어떻게 하죠?!"

"별 수 없지요. 화강암을 부수고 당신을 꺼내는 수밖에요."

"하, 하지만 이곳엔 그 흔한 망치 하나 없는 데요?"

"다 방법이 있습니다."

지금 그녀가 끼어버린 화강암지대 구멍은 뿌리가 그리 깊어보이지는 않았다.

동굴 바닥에 있는 흙에 파묻혀 있을 뿐이지, 손으로 땅만 잘 파도 충분히 바위를 빼낼 수 있을 것으로 보였다.

유하는 바위의 뿌리를 손으로 살살 파내려가 과연 얼마나 깊이 박혀 있는지 가늠해 보았다.

사사사사사삭!

도구가 없어서 손으로 파내는 것이 쉬운 일은 아니었으나, 뿌리가 얼마나 깊을지 가늠하는 데에는 지장이 없었다.

　　그는 한쪽의 뿌리가 대략 5m, 나머지 뿌리들은 2m내외로 그리 깊지 않음을 알 수 있었다.

　　다만, 뿌리가 서로 얽히고설켜있어 골반이 끼이면 혼자의 힘으론 절대 나오지 못할 것이었다.

　　유하는 손으로 5m깊이의 땅을 파내려가기 시작한다.

　　사가가가가각!

　　마치 개가 땅을 파듯이 거침없이 땅을 파내려간 유하는 무려 두 시간이 지나서야 뿌리에 도달할 수 있었다.

　　"허억, 허억……!"

　　"괜찮아요?"

　　"더, 덥군요. 근처에 화산이 있는 모양입니다."

　　"화, 화산이요?"

　　"아이슬란드에는 화산이 많습니다. 아마 이곳에도 활화산이 존재하고 있는 모양이지요."

　　유하는 말을 맺기도 전에 계속해서 땅을 파내어 마침내 화강암을 밀어낼 수 있을 정도가 되었다.

　　일단 이것을 치우고 나면 나머지는 그리 어렵지 않게 뽑아낼 수 있을 것 같았다.

　　"조금 아플 수도 있어요. 골반이 오랫동안 끼어있었기 때문에 허리도 많이 굳어버렸을 거고."

"괜찮아요. 참을 수 있어요."

그는 화강암을 좌우로 흔들어 빼내기 시작했고, 그로 인해 그녀의 골반이 양옆으로 흔들렸다.

그러자, 그녀는 짜증 섞인 목소리로 외쳤다.

"아야! 살살 좀 할 수 없어요?! 일을 그따위로밖에 못 하나요?!"

"…뭐요?"

이윽고 유하는 그 자리에 화강암을 내려놓곤 이내 돌아섰다.

"나는 일을 잘 못하니 잘하는 사람이 올 때까지 기다리십시오. 그리고 도움을 받으세요. 하지만 제 생각엔 죽기 전에는 사람이 올 것 같지는 않군요."

"뭐, 뭐라고요?!"

"인생은 혼자 가는 겁니다. 올 때도 혼자 왔으니 갈 때도 혼자지요. 잘 가십시오."

"이, 이봐요!"

정말로 그녀를 버릴 마음이 있는 것은 아니었지만, 도무지 저 성격을 가만히 내버려둘 수 없었던 유하.

그래서 그녀에게 따끔한 일침을 가한 것이었다.

그녀는 유하의 팔을 붙들고 손이 발이 되도록 싹싹 빌기 시작했다.

"흑흑! 죄송해요! 다시는 그러지 않을 게요!"

"정말입니까?"

"물론이죠! 살려만 주신다면 무슨 일이라도 다 할게요!"

"좋습니다. 그럼 앞으론 남들에게 배려심이 깊은 사람으로 남겠다고 약속하십시오."

"아, 알겠어요! 명심할게요……!"

그제야 유하는 다시 화강암을 흔들기 시작했고, 그녀는 이를 악물고 아픔을 참아낸다.

쿠국— 쿠국—

"으윽!"

"조금만 더 참아요. 거의 다 뺐습니다."

"아, 알겠어요."

혼신의 힘을 다해 바위를 뽑아낸 유하는 남아 있던 바위까지 무사히 제거할 수 있었다.

이제 그녀는 자유의 몸이 되었고, 죽음의 그림자에서 벗어날 수 있었다.

"자, 이제 나왔으니……."

"이런 개새끼!"

그녀는 자신을 구해준 유하에게 고맙다는 말은 고사하고 욕지걸이를 씹어 뱉었다.

그리곤 그의 얼굴에 침을 뱉고 따귀를 올려붙였다.

"퉤!"

짜악!

너무나 순식간에 일어난 일이라 도대체 뭐가 어떻게 된 것인지 정신도 못 차린 유하에게 그녀가 말했다.

"사람의 목숨을 가지고 장난을 쳐? 네가 그러고도 인간이냐?!"

"……."

어안이 벙벙한 유하, 그녀는 그런 그가 들고 있던 간식 가방까지 빼앗으려 한다.

"그건 내거야! 어서 내놔!"

"…정말이지 개념을 밥 말아 먹은 녀석이군."

"뭐, 뭐야?!"

유하는 그녀에게 가방을 집어 던지곤 이내 돌아서 그녀와 멀어지기로 한다.

"어지간하면 함께 살아서 나가고 싶었지만, 그건 안 될 일이군. 너와 함께 다녔다간 딱 죽기 좋겠어."

"흥! 마음대로!"

그는 정말 그녀를 버릴 작정으로 길을 나섰고, 수려는 그 자리에 앉아서 양껏 과일을 먹어치우기 시작했다.

　　　　*　　　*　　　*

　유하가 불시착한 곳은 레이캬네스 반도 서쪽이었지만, 조류의 영향으로 남부까지 떠내려 온 모양이었다.

　더군다나 파도에 휩쓸려 거대한 암벽 지대가 군도를 이룬 동굴로 이동한 것 같았다.

　그야말로 생물이라곤 박쥐도 없는 동굴이었는데, 이곳에서 살아남자면 온천과 물고기를 이용하는 수밖에 없었다.

　동굴 안쪽으론 절벽이 일렬로 늘어서 있었지만, 그 중간에는 작은 구멍들이 존재하고 있었다.

　그곳에선 이따금씩 물고기가 발견되었는데, 유하는 자신의 옷을 벗어 그물을 만들었다.

　씨알이 굵은 것도 제법 있었기 때문에 잘만하면 회를 쳐 먹거나 구이를 해 먹을 수도 있을 것 같았다.

　유하는 윗옷으로 만든 그물을 이용해 성인 팔뚝만 한 농어를 잡아 올릴 수 있었다.

　"잡았다!"

　촤락!

　그저 손으로 떠내는 무식한 방식이었으나, 운이 좋게도 물고기를 꾸준히 잡을 수 있었다.

　오늘의 조과는 무려 다섯 마리, 구이를 해 먹으면 이틀은 너끈히 버틸 수 있는 수준이었다.

하지만 문제는 이곳에서 불을 피우는 것이 상당히 어렵다는 점이었다.

나무가 자라지 않는 지형적 특성 때문에 불을 만들어낸다고 해도 연소를 시킬 만한 것이 거의 없었던 것이다.

"흐음……."

가만히 물고기를 바라보던 유하는 이내 아주 좋은 방법을 고안해낸다.

그는 돌을 잘 갈아서 그것으로 칼을 삼았고, 배를 갈라 내장을 제거했다. 그리고 비늘을 전부 다 벗겨내고 가시를 제거하여 엉성하나마 포를 뜨기 시작한다.

슥삭 슥삭—

물고기는 통풍이 잘 되는 곳에 바싹 말리면 오래 보관할 수 있는 식량이 되기 때문에 이따금 코를 꿰어 말리기도 한다.

유하는 농어를 다듬어 건포를 만들어 먹기로 한 것이다.

바다에서 어부로 생활했던 유하에게 포를 떠서 말리는 작업쯤이야 큰 문제가 되지 않았다.

순식간에 다섯 마리 모두 포를 뜬 유하는 그것을 화강암 위에 올려놓고 수분이 전부 다 증발되기를 기다렸다.

다음 날, 유하는 제법 수분이 날아간 농어를 싸 들고 다시 길을 떠나기 시작했다.

이곳을 빠져나갈 수 있는 방법은 분명히 있을 것이고, 그것을 찾아내기 위해 비상식량을 비축한 것이었다.

운이 좋다면 이곳에서 입구를 찾아낼 수 있을 것이고, 그렇지 못하다면 물을 먹지 못해서 탈수로 죽어버릴 것이었다.

때문에 그는 사력을 다해 걷고 또 걷기를 반복하고 있었다.

"…끝도 없군."

벌써 반나절을 헤매고 있었으나, 여전히 입구를 찾아낼 수는 없었다.

하는 수 없이 그 자리에 잠시 앉아 휴식을 취하기로 한 유하는 어포를 한 입 베어 물었다.

부욱!

"쩝쩝… 꽤 괜찮은걸?"

한 번도 농어를 말려서 먹어본 적이 없는 유하였지만 그 식감이 꽤 좋을 것이라고 예상은 했었다.

원래 농어는 제법 귀한 생선으로 분류되는데, 그 맛이 꽤나 뛰어나기 때문이다.

하여, 농어는 주로 회를 쳐서 날것으로 먹거나, 매운탕으로 끓여 먹는 것이 일반적이다.

그러나 포를 떠서 말리는 것도 생각보다 괜찮은 방법 같았다.

유하는 이내 물고기 반 마리를 먹어치우곤 다시 길을 떠나기로 한다.

하지만 그는 아까부터 자신을 따라오고 있는 한 그림자 때문에 자꾸 신경이 쓰이는 중이었다.

"각자의 길을 가기로 한 것 아니었나?"

"…사람을 버리고 도망가면 어떻게 해? 나는 물고기도 잡을 줄 모르는데!"

"그럼 공손하게 굴어야지. 여전히 그렇게 싸가지 없이 나오면 내가 너를 데리고 다닐 맛이 나겠어?"

"그, 그건……."

"인간은 사회적인 동물이다. 그걸 알아야지."

이윽고 유하는 다시 자리에서 일어나 자신의 길을 가기로 한다.

"운이 좋으면 밖에서 볼 수도 있겠군. 그럼……."

"자, 잠깐!"

"뭔가?"

"자꾸 이런 식이라면 광고를 찍어주지 않을 거야!"

"후후, 마음대로. 어차피 이곳에서 나가지 못하면 광고고 뭐고 없어."

그녀는 끝내 마지막 남은 자존심을 버리지 못하고 있었고, 그 고집은 유하와 그녀, 둘을 모두 죽이는 일이 될 것이다.

이제는 정말 그녀를 버릴 작정으로 돌아선 유하에게 그녀가 무릎을 꿇는다.

털썩!

"이, 이러면 되는 거야……?"

"무릎을 꿇었으면 공손하게 존대부터 하는 거다."

"싫어! 그건 싫어! 당신이 나를 버리려고 몇 번이나 시도를 했는데, 존대가 나오겠어?!"

아직 태도가 썩 마음에 드는 것은 아니었으나, 무릎을 꿇은 것으로 협의를 보기로 한 유하다.

"좋아, 한 번만 봐주도록 하지. 하지만 다시 또 이런 일이 벌어진다면, 그때는 너를 결코 데려가지 않을 것이다."

"무, 물론이지!"

이윽고 그녀를 자리에서 일으킨 유하는 계속해서 동굴을 탐험하기 시작한다.

*   *   *

조난 24시간째, 유하와 수려는 동굴 천장에서 떨어져 내리는 물을 받아 마시며 버티는 중이다.

처음 고기를 잡았던 곳은 조수간만의 차로 운이 좋게 이곳으로 밀려들어온 물고기들이었고, 동굴 안쪽으로 들어가면

들어갈수록 생물의 흔적은 찾아보기가 힘들었다.

유하는 자신의 가방에 남은 어포가 얼마나 되는지 세어본다.

"총 20장, 한 끼에 하나씩만 먹는다고 해도 3일을 버티기도 힘들겠군."

"이젠 어쩌지? 동굴의 끝이 어디인지 도대체 가늠조차 할 수 없잖아."

"어쩌긴, 계속해서 걸어야지."

유하는 바닷물이 밀려들어오는 곳을 향해서 걸어가 보았지만, 그곳은 막다른 골목이라 더 이상 걸어갈 수가 없었다.

물이 밀려들어오는 구멍은 과연 얼마나 깊은 웅덩이가 있는지 가늠조차 할 수 없을 정도로 까마득해 보였다.

하여, 그는 바람이 밀려들어오는 구석을 찾아 계속 걸음을 옮기는 중이었던 것이다.

하지만 과연 이곳의 규모가 얼마나 될지는 전혀 상상조차 할 수가 없었다.

그렇게 매 시간마다 생존에 대한 걱정으로 머리를 채우며 걸어가던 유하는 지금까지와는 다른 풍경과 마주했다.

그의 앞에는 바닷물이 아닌 민물이 만들어낸 웅덩이가 있었고, 그곳에선 맑은 물이 계속해서 차오르고 있었다.

아마도 이것은 내륙과 연결된 천연 지하 수로인 것이 분명했다.

유하는 즉시 가방을 벗어 그녀에게 건넨 후, 자신의 손목시계의 불이 잘 들어오는지 확인한다.

"여기서 기다려."

"뭐, 뭐라고?"

"아무래도 저곳이 통로인 것 같아. 이곳에서 잠시만 기다리고 있어. 어디서 물이 뿜어져 나오는지 알아보고 와야겠다."

"그, 그러다 죽으면 어쩌려고?!"

"후후, 걱정하지 마라. 이깟 것으로 죽을 것 같았으면 애초에 여기까지 오지도 못했어."

지금 유하는 극소량이나마 2개의 도환을 만들어내었다.

이 이상의 도환을 만들어내는 것은 식량이 부족하여 무리였고, 이것이나마 유용하게 써야 현 상황을 타계할 수 있을 것이었다.

자라와 현운을 소환하기엔 모자란 도력이었으나, 이것이라면 충분히 물에서 숨을 쉴 수도 있을 것이었다.

그는 그녀를 두고 무작정 물에 뛰어들었다.

"그럼 나는 간다. 조금 있다가 보자고."

"이, 이봐! 잠깐……."

첨벙!

더 이상 시간을 지체했다간 언제 죽을지 모르는 상황, 유하는 어두컴컴한 물속을 헤치며 언제 끝날지 모르는 유영을 시작한다.

　지하수가 유입되는 길목은 사람 한 명이 간신히 들어갈 정도로 협소한 공간이었는데, 입구는 하나였지만 그 안은 마치 복잡한 개미집처럼 얽히고설켜 있었다.

　유하는 손톱보다 조금 더 작은 도환을 이용하여 산소를 만들어내고 있었는데, 이 정도면 대략 15분에서 20분가량 버틸 수 있을 것으로 보였다.

　하지만 그나마도 산소를 최소한으로 사용했을 때의 얘기였고, 만약 이 안에서 조류라도 만난다면 그 절반도 버티지 못할 것이었다.

　꼬르르륵—

　평영으로 아주 천천히 물길을 거슬러 오르던 유하는 수 십 개의 갈래로 갈라진 갈림길에 멈추어 섰다.

　'큰일이군. 이곳에서 망설일 시간이 없는데⋯⋯.'

　처음 보는 물길을 파악한다는 것은 생각보다 어려운 일이라, 지금의 유하로선 도저히 정도를 파악하기가 힘들었다.

　만약 이곳에서 길을 잃는다면 십중팔구 사망에 이를 것이 뻔했고, 그렇다고 지금 돌아가는 것은 말도 안 되는 일이었다.

그렇다면 모든 것을 운에 맡기는 수밖에 없다.

'에라, 모르겠다!'

그는 꺾어진 길목대신 입구에서부터 일자로 쭉 이어진 직선코스를 선택했다.

아주 찰나의 순간이지만 그는 입구에서부터 이곳까지 이어진 길에 큰 굴곡이 없다는 것을 간파했다.

그래서 이곳을 선택했고, 나머지는 행운의 여신이 모든 것을 결정하게 될 것이다.

그는 점점 좁아지는 동굴의 벽을 짚으며 천천히 이동하기 시작했는데, 그의 머리로 지금까지와는 조금 다른 온도의 물이 유입되는 것을 느낄 수 있었다.

'따뜻하다……!'

보통 깊은 지하에서부터 유입되는 물은 차갑고 옅은 물가에서 흘러드는 물은 약간 더 따뜻하다.

지금 이곳으로 유입되고 있는 물은 대략 2~3도가량 따뜻한 것 같았다.

그렇다는 것은 이곳이 바깥과 연결되는 구멍일 가능성이 높다는 뜻이었고, 잘만 하면 조난에서 빠져나갈 수도 있을 것이었다.

생존에 대한 희망을 품고 동굴을 유영하여 가던 유하는 이내 수면 위로 고개를 내밀 수 있게 되었다.

"푸하!"

반가운 마음에 한껏 숨을 들이쉬는 유하, 하지만 그는 이내 입을 틀어막고 만다.

"쿨럭, 쿨럭!"

그의 코로 유황의 매캐한 가스 냄새가 직통으로 쳐들어왔던 것이었다.

유하는 물가에서 빠져나와 뭍으로 올라와 주변을 살펴본다.

"제기랄……."

뭍의 풍경은 수증기가 가득한 목욕탕과 비슷했고, 그 주변으론 조금씩 유황 가스가 분출되고 있었다.

한마디로 그는 지금 활화산을 밟고 서 있는 것이나 마찬가지였던 것이다.

제9장
희망의 끈

　유하가 수면 아래로 내려간 후, 20분이라는 시간이 지났다.

　하지만 여전히 그는 다시 모습을 드러낼 생각을 하지 않았고, 수려는 슬슬 공포감이 엄습해 옴을 느꼈다.

　"주, 죽었나?"

　보통사람은 5분만 숨을 쉬지 못해도 대사가 정지하여 그대로 숨을 거두고 만다.

　그럼에도 불구하고 20분이라는 시간이 지났다는 것은 그가 살아 있을 가능성이 현저히 낮다는 뜻이었다.

　그녀는 물가에 머리를 들이민 후, 혹시라도 그의 시신이 떠

오르기를 기다렸다.

혹시 그가 죽었다면 그녀는 깔끔하게 이곳에서의 삶을 포기하기로 마음을 먹고 있었던 것이다.

"흑흑… 아직 남자도 제대로 못 만나 봤는데……."

워낙 왕성한 활동을 벌이던 그녀이기 때문에 남자를 만날 시간은 좀처럼 주어지지 않았다.

방송에서 그녀는 몇 번인가 남자를 만나보았다고 말을 했으나, 그것은 모두 연락처나 주고받았던 것을 부풀린 허풍이었다.

실제로 그는 남자의 손을 잡는 것이 어떤 느낌인지 제대로 알지도 못하고 있었다.

다만, 극중에서 만난 남자들과의 로맨스에 자신을 대입해서 대리만족을 느끼고 있을 뿐이었다.

만약 여기서 그녀가 이대로 죽는다면 처녀귀신으로 구천을 떠돌 수도 있을 것 같았다.

그녀는 이곳에서 10분만 더 기다리기로 했고, 그 시간이 지나면 이 물에 자신도 몸을 던지기로 했다.

'하나, 둘…….'

속으로 숫자를 세던 그녀, 바로 그때였다.

꿀렁!

"어, 어어?!"

그녀의 눈앞에 한 인영이 언뜻 모습을 비추었고, 그녀는 반가운 마음에 물속으로 손을 내민다.

"가, 강유하?!"

마침내 그의 손은 그녀에게 닿았고, 수려는 그의 손을 잡아 이끌었다.

하지만 어쩐지 그의 손은 딱딱하고 차가웠으며 좀처럼 손에 힘을 주지 않는 것 같았다.

"어, 어라……?"

순간, 그녀는 자신도 모르게 손을 놓아버렸고 그의 몸은 이내 수면 위로 그 모습을 드러냈다.

그러자, 물에 퉁퉁 불어버린 시신 꼴로 변해 버린 그가 자연적으로 몸을 뒤집어 버렸다.

"꺄아아아악!"

눈동자는 이미 본래의 색을 찾아볼 수가 없었으며, 살은 다 흐물흐물해져 손가락으로 만지면 주욱 찢어질 것 같았다.

도저히 사람의 몰골이라곤 상상조차 할 수 없는 그의 모습에 충격을 받은 그녀가 이내 뒷걸음질을 치기 시작한다.

"흑흑, 흑흑……!"

과연 그는 정말로 이곳에 빠져 익사를 해버린 것일까? 그래서 저렇게 물 먹은 어묵처럼 퉁퉁 불어버린 것일까?

그녀의 머릿속에는 오만가지 잡생각이 다 스쳐 지나고 있었고, 결국에는 좋은 결론은 내리지 못했다.

그런 바로 그때, 다시 한 번 수면이 꿀렁이기 시작한다.

"푸하!"

"어, 어어어……?"

"제기랄, 안쪽에는 물이 아니라 온천이 자리 잡고 있어. 아무래도 다른 길을 찾아야 할 것 같아."

"가, 강유하?"

"뭐야? 왜 그렇게 울고 있어? 귀신이라도 보았다는 표정이군."

"그, 그 옆에……"

물으로 모습을 드러낸 유하는 성인 남자의 것으로 보이는 시신과 마주했다.

그제야 그는 상황을 모두 파악한 것 같았다.

"그래, 이 사람이 나인 줄 알고 겁을 먹었던 모양이군."

"…이 빌어먹을 자식아! 왜 이렇게 늦게 나왔어?! 죽은 줄 알았잖아!"

"이 복잡한 동굴에서 살아남은 것도 기적이다. 늦게 나왔다고 구박을 하다니, 역시 개념이 없긴 없군."

유하는 고개를 가로저으며 다시 물으로 올라왔고, 그녀는 가슴을 쓸어내리며 일말의 안정을 찾아갔다.

　　　　*　　　*　　　*

　수려가 발견했던 시신은 그녀의 매니저였다. 아무래도 함께 불시착하는 과정에서 조류를 잘못 타는 바람에 익사한 것으로 보였다.

　지금가지 단 한 번도 뭍으로 올라온 적이 없었던 건지 시신은 물에 불어 형체를 알아볼 수가 없었다.

　더군다나 동굴 벽에 몸이 부딪쳐 장기를 보호하고 있던 뼈가 다 부러져 온전한 시신의 꼴도 아니었다.

　유하는 그의 눈을 직접 감겨주었고, 시신을 한 줄기 빛이 들어오는 곳에 잘 모셔두었다.

　"부디 좋은 곳으로 갔기를 바랄 뿐……."

　"……."

　그를 바라보는 수려의 표정은 상당히 복잡해 보였다.

　"매일 부려먹기만 하고 잘해준 적도 없는데… 항상 때리고 욕하기만 했지, 좋은 소리를 해준 적도 없었어……."

　"원래 사람은 있을 때 잘해야 하는 법이다. 죽고 나면 아무런 소용이 없거든."

　"젠장……."

　그녀는 끝끝내 눈물을 흘리고 말았다.

"…그때 내가 경비행기를 타자고 떼를 쓰지만 않았어도 이런 일은 벌어지지 않았을 거야."

"자책은 독이 될 뿐, 아무런 도움이 되지 않는다. 그러니 눈물은 흘리지 마."

"말이야 쉽지……."

아마도 그녀는 어려서부터 철저히 혼자서 생활을 해왔기 때문에 의지할 사람이라곤 몇 명 있지도 않았을 것이다.

그중에 한 명이 바로 매니저였고, 그에게 수려는 갖은 폭언과 욕설을 퍼부으며 스트레스를 해소해 왔던 것이었다.

그런 그에게 잘해준 기억이 아예 전무한 그녀로선 미안함이 말로 표현할 수 없을 정도였다.

하지만 간 사람은 간 사람이고, 산 사람은 산 사람이다.

유하는 더 이상 이곳에 머물다간 목숨을 부지하기 힘들다는 것을 잘 알고 있었다.

"움직이자. 이러고 있을 시간이 없어. 한시라도 빨리 입구를 찾아서 그의 장례식을 치러주는 것이 좋아."

"그래……."

그녀는 자신의 오른손에 끼고 있던 반지를 빼어 그의 입에 물려주었다.

"이것으로 저승길 노잣돈이나 해. 가는 길에 그렇게 좋아하는 막걸리도 한 사발하고……."

나름대로 망자에 대한 미안함과 고마움을 표시한 그녀는 이내 자신의 살길을 도모하기 위해 발걸음을 옮긴다.

물길은 통행이 불가능하다는 것을 깨달은 유하는 단 하나 남은 도환을 이용해 도력의 파장을 만들어 지형을 파악하기로 했다.

그가 지형을 파악할 수 있는 기회는 단 한 번, 만약 도력의 파장이 빗나가면 그 순간부터는 죽을 각오를 해야 한다.

유하는 가부좌를 틀고 앉았고, 그녀는 유하를 이해할 수 없다는 듯이 바라본다.

"뭐하는 거야? 이 시점에서 도라도 닦으려고?"

"쉿, 가만히 5분만 기다려."

"참, 나……."

도무지 그의 행동을 이해할 수 없는 그녀이지만 지금으로선 가만히 기다릴 수밖에 없을 것이다.

그녀가 의지할 수 있는 사람이라곤 이제 유하 한 명뿐이기 때문이다.

이윽고 그는 갯벌에서 낙지를 잡을 때 사용했던 방법 그대로 동굴의 갈래 길로 도력을 흘려보내기 시작한다.

두근!

그 파장은 작은 바람을 일으킬 정도로 강력했는데, 이로서 그는 몸에 남아 있던 도력을 모두 소진하게 되는 것이다.

죽기 직전에 사용하려고 했던 도환이지만 더 이상 시간을 지체할 수 없었기 때문에 유하는 일말의 기대감에 모든 것을 걸었다.

끼이이이잉―!

도력이 벽면을 긁으며 내는 소리가 유하에게 고스란히 돌아왔고, 그는 조금 더 정신을 집중하여 도력을 더 멀리 이끌어낸다.

'조금만 더⋯⋯!'

그의 도력은 무려 100m전방까지 뻗어나갔고, 이내 밖으로 통하는 출구를 찾아낸다.

두근, 두근!

'여기다!'

이내 유하는 다시 눈을 떴고, 도력이 되돌아왔던 방향을 가리키며 말했다.

"이쪽이다. 이쪽으로 가면 입구가 나와."

"뭐? 무슨 근거로 그런 소리를 해?"

"말로 설명하기엔 너무 복잡하다. 하여간 아주 믿을 만한 정보다. 그러니 안심하고 따라와도 돼."

"네가 정 그렇다면야⋯⋯."

인간 레이더라는 개념을 이해할 수 없는 그녀로선 그저 유하를 무작정 따를 수밖에 없다.

무모하고 터무니없다는 것을 알고 있는 그녀이지만 그에 대한 믿음은 여전히 변하지 않는다.

*   *   *

유하가 지목한 방향은 동굴의 남쪽으로 내려가는 구멍이 었는데, 사람 한 명이 간신히 지나갈 수 있을 정도로 좁았다.

그것도 어깨를 억지로 구겨 넣지 않으면 통과할 수도 없었으며, 만약 유하의 몸집이 0.1인치만 더 컸어도 구멍에 몸이 끼어 빠져나가지 못할 수도 있었다.

두 사람은 차근차근 무리하지 않고 구멍을 빠져나갔는데, 앞으로 전진하면 할수록 주변의 온도가 점점 올라간다는 것을 알 수 있었다.

유하는 이 근방에 바로 용암이 흘러가는 길목이 있을 것이라고 어렵지 않게 예상했다.

하지만 그가 도력의 파장으로 이 주변을 모두 훑어본 결과, 이곳 말고는 입구가 없다고 결론지었다.

그렇다는 것은 용암 위를 지나가는 길이라고 할지라도 반드시 이 길목을 지나가야 한다는 것이었다.

점점 더 더워지는 동굴 안, 그녀는 뭔가 불안한 기색을 보였다.

"가, 강유하, 너무 더워……."

"어쩔 수 없어. 이 뒤로는 심해로 이어지는 길목이거나 막다른 골목이야. 살고자 한다면 반드시 이곳을 지나가야 한다."

"하지만 이렇게 더운데 어떻게 건너간다는 소리야…?"

"사람은 그리 쉽게 죽지 않는다. 이런 동굴이라곤 해도 언젠가는 그 끝이 있는 법이지."

"아, 알겠어……."

일단 그녀는 유하의 말만 믿고 계속해서 힘겨운 발걸음을 옮겼고, 동굴의 온도는 1m를 갈수록 1도씩 올라가기 시작했다.

그러니까 한 발자국 뗄 때마다 주변의 온도가 1도씩 올라간다는 소리였다.

이윽고 마침내 유하는 바닥에 발을 가만히 대고 있는 것도 힘겨울 정도로 용암에 가까이 다가갔다.

부글부글―!

마치 냄비 안에 스프처럼 부글거리는 용암을 바라본 수려는 아연실색하여 뒷걸음질치고 만다.

"이, 이게 뭐야?! 마그마 아니야?!"

"맞아. 하지만 이곳을 지나가야 우리가 살 수 있다. 그러니

용기를 내봐."

"하, 하지만……."

유하는 그녀의 손을 꽉 잡으며 말했다.

"살고 싶지 않아? 나는 미칠 듯이 살고 싶어. 내가 죽으면 내 동생들은 도대체 누가 돌보겠어? 그리고 나를 믿고 무작정 회사에 몸을 던진 내 직원들과 파트너까지, 그들을 위해선 죽어도 눈을 감을 수도 없어."

"……."

"너도 지금까지 살아온 인생이 너무 아깝다는 생각이 들지 않아? 이대로 죽어버리면 네가 하지 못했던 모든 것들은 영원히 먼지처럼 사라지고 말 거다."

"…그렇지만 용암 위를 걷는 것은 너무 위험한 일인데?"

"이 세상에 위험하지 않은 일은 없다. 인간은 쉽사리 죽지 않은 생물임과 동시에 감기 바이러스 하나에 몇만 명이 사망하는 생명체다. 모든 것은 운에 달렸다는 소리지."

"후우……."

지금 이 근방의 온도는 무려 40도가 넘을 것으로 보였다.

아마도 용암 위에 간신히 자리를 잡고 있는 외길 돌다리 위에 올라설 때 느껴지는 온도는 지금의 두 배, 아니, 세 배가 넘어갈 수도 있다.

하지만 그럼에도 불구하고 두 사람은 용암 위를 지나 이곳을 빠져나가야 한다.

"수려, 우리는 할 수 있다."

"…좋아. 그럼 강유하, 너만 믿을게."

"그래, 고맙다."

이내 유하는 그녀의 손을 꼭 잡은 채 외길 돌다리를 건너기 시작한다.

수많은 화강암 덩어리가 서로 떨어지지 않은 채 붙으면서 생겨난 돌다리는 사람 한 명이 발을 디디면 더 이상 공간이 없을 정도로 좁았다.

게다가 주변에는 잡고 건널 수 있을 만단 벽도 없었고 자연적으로 만들어진 난간도 없었다.

한마디로 발을 한 번 헛디디게 되면 그 즉시 용암에 몸이 녹아 형체도 없이 죽어버린다는 것이었다.

유하는 아주 덤덤한 표정으로 돌다리를 건너고 있었으나, 사실은 심장이 터져버릴 듯이 거칠게 요동치고 있었다.

두근, 두근!

지금까지 수많은 전장을 거치며 살아온 유하로선 사람 수만 명이 몰살을 당하는 일도 경험했었다.

하지만 그러한 대전투와 이곳을 비교한다면 단연 이곳이 압도적으로 긴장될 정도였다.

단 한 발자국에 두 사람의 운명이 결정되는 이곳, 유하는 너무 깊게 정신을 집중한 나머지 귀에서 이명이 들려올 정도였다.

입은 바싹 말라가고 있었으며, 뇌가 점점 무거워지는 느낌이 들고 있었다.

아마도 유하가 이대로 10분만 더 집중했다간 곧바로 정신을 잃어버리고 말 것이다.

'침착하자…….'

수려의 인생까지 짊어진 유하는 천천히 발을 옮겼고, 뒤따르는 그녀까지 신경 쓰고 있었다.

하지만 두 사람이 한 몸처럼 움직인다는 것은 결코 쉬운 일이 아니었다.

뚜둑―!

"으윽?!"

"수, 수려?"

"바, 발이 접질렸어……."

"뭐라고?!"

그녀는 너무 경직된 상태로 길을 건너다가 그만 발목이 삔 것이었다.

잠시 가던 길을 멈추고 그녀의 상태를 살핀 유하는 수려가 더 이상 걸을 수 없다고 판단했다.

절뚝거리는 걸음으로 이곳을 지나가다보면 당연히 스텝이

꼬여 넘어지는 사태가 벌어질 것이고, 그렇게 되면 그녀는 용암이 흐르는 물가로 떨어져버릴 것이었다.

"상황이 좋지 않군……."

"미안해. 어떻게 해서든 걸어볼게. 그러니……."

유하는 이내 그녀에게 등을 보이며 말했다.

"업혀."

"뭐, 뭐라고?"

"업히라고. 함께 걷는 것보다는 내가 너를 업는 편이 나을 것 같아."

"하, 하지만……."

"나를 믿어. 결코 실수는 하지 않을 테니."

이내 그녀는 유하의 등에 자신의 상체를 살며시 가져다 댄 후, 하체를 유하의 엉덩이 부분이 밀착시켰다.

그러자, 유하는 아주 익숙한 손길로 그녀를 들쳐업었다.

"사람을 업는 것은 아주 오랜만이군. 동생들을 키운 이후론 처음이야."

"동생을 키웠다고?"

"나도 너만 한 동생이 있어. 그보다 더 큰 동생도 있고. 특히 막내는 내가 젖먹이 시절부터 키웠지. 그래서 사람을 업는 것이 상당히 익숙하지만, 너같이 다 큰 아가씨를 업는 것은 처음이야."

"그, 그렇군."

크기가 조금 커져서 그렇지 전체적으로 업는 방법은 크게 다르지는 않은 것 같았다.

더군다나 평소에 다이어트를 꾸준히 해오던 그녀인데다 며칠 째 제대로 식사를 하지 못해서 무게가 거의 느껴지지 않을 정도였다.

오히려 그가 어린 시절, 공장에서 짊어지고 다니던 짐이 더 무거울 정도였다.

유하는 그녀를 업고 아주 천천히 걸음을 옮겼고, 그녀는 잔뜩 긴장된 손으로 그를 꽉 끌어안고 있었다.

"그 손을 절대로 놓아선 안 된다. 알지?"

"물론······."

두 사람은 그렇게 진짜 한 몸이 되어 다리를 건너기 시작한다.

＊　　　＊　　　＊

용암 다리는 총 200m로, 사람이 정상적인 걸음으로 건넌다면 5분도 채 지나지 않아 건널 수 있는 길이었다.

하지만 한 사람을 등에 업은 채 긴장감 가득한 걸음을 옮기자면 보통 오래 걸리는 일이 아니었다.

때문에 유하는 30분이 지나서야 다리의 2/3를 건널 수 있었다.

"허억, 허억……!"

"괜찮아?"

"…조금 더워서 그래. 걱정할 필요 없다."

지금 그의 등에 업힌 수려의 무게는 그렇게 큰 문제가 되지 않았지만, 용암이 내뿜는 엄청난 열기와 긴장감 때문에 유하는 심력이 미친 듯이 고갈되고 있었다.

만약 이대로 시간이 조금만 더 흐른다면 십중팔구 발을 헛디뎌 죽음을 면치 못할 것이었다.

'젠장, 내 정신력이 이렇게까지 약했던가?'

지금까지 그는 정신력 하나는 자타공인 최고라고 생각했었다.

하지만 지금 이렇게 극한의 상황에 닥치고 보니 지금까지 자신이 가지고 있었던 생각은 전부 자만이었다는 것을 느낀다.

사람은 언제나 정진해야 하며 자신 스스로를 단련하는데 관용을 베풀면 안 되는 일이었다.

'그래, 이렇게 사람이 커가는 법이지.'

아픈 만큼 성숙해지는 법, 유하는 그것을 너무나도 잘 알고 있었다.

아마도 이곳을 무사히 빠져나가게 된다면 그는 한층 더 성장한 어른이 되어있을 것이다.

유하는 비 오듯 흐르는 땀을 소매로 닦아가며 다리를 건넜고, 마침내 그 끝에 도달할 수 있었다.

휘이이잉!

"바, 바람이다!"

"사, 살았다!"

그는 바람이 불어오는 방향으로 미친 듯이 달리기 시작했고, 마침내 신선한 공기가 흘러들어오는 입구를 찾을 수 있었다.

입구는 대략 5m높이의 절벽을 따라 길게 이어져 있었는데, 아무래도 그녀는 결코 오를 수 없을 것 같았다.

이에, 유하는 자신의 윗옷을 벗어 그녀의 몸과 자신을 연결시켰다.

그는 겉옷을 돌돌 말아 그녀의 몸과 자신을 묶었고, 자신의 어깨와 그녀의 손도 단단히 연결시켜 묶었다.

"아래는 절대로 내려다보면 안 된다. 너무 심하게 움직여도 안 되고, 손에서 힘을 빼도 안 된다. 알겠지?"

"으, 응!"

준비를 마친 유하는 천천히 절벽을 오르기 시작했다.

"간다!"

이미 그의 손은 다 터지고 갈라져 피가 나오고 있었으나, 이대로 포기할 수는 없는 일이다.

한 발자국 뗄 때마다 극심한 고통이 베어나왔지만 유하는 이마저도 행복으로 여긴다.

'살아 있다! 살아 있기 때문에 고통도 느끼는 것이다!'

그는 이를 악물고 한 걸음, 한 걸음 벽을 타고 올랐고 서서히 차가워지는 바람을 느꼈다.

처음엔 더워서 쓰러질 것 같았던 유하이지만 오히려 지금은 머리가 맑아지는 것 같았다.

머리가 가벼워지니 자연적으로 심력 소모가 덜했고, 그것은 체력 안배와 직결되었다.

이제는 체력이 그를 따라주니 절벽을 오르는데 전혀 무리가 없었다.

"좋아, 이대로라면……."

차근차근 절벽을 오른 유하는 드디어 그 끝과 마주하게 됐다.

마지막으로 있는 힘을 죄다 쥐어짜내 절벽의 끄트머리에 오른 유하는 자신의 앞에 넓은 구릉지대가 펼쳐져 있음을 알 수 있었다.

"사, 살았다! 진짜로 살았어!"

"와하하하! 정말이네?!"

두 사람은 서로의 몸이 묶여있다는 것도 모른 채 웃느라 정신이 없었다.

*　　　*　　　*

도저히 빠져나올 수 없을 것 같던 동굴에서 빠져나온 유하는 그 입구가 넓고 큰 분지와 연결되어 있다는 것을 알 수 있었다.

높이 50m가량의 마치 병풍 같은 기암절벽이 둥그렇게 늘어서 있는 이곳 구릉지대에는 몇몇 조류들과 작은 설치류들이 자생하고 있었다.

아이슬란드의 야생동물은 그 숫자가 적기로 유명한데, 아무래도 동물들이 먹을 풀이 별로 없기 때문인 듯했다.

그나마 아이슬란드 최고의 포식자는 북극여우로, 그 이외의 맹수들은 아예 자생할 수도 없었다.

유하는 밖으로 나오자마자 먹을 것을 구하기 위해 노력했지만, 얻을 수 있는 것은 거의 없었다.

유하는 자신의 가방에 남아 있던 어포가 얼마나 되는지 가늠해 봤다.

"두 개라……."

이 정도의 식량이라면 충분히 새를 꿰어낼 수 있겠으나, 문제는 그것을 어떻게 잡느냐는 거였다.

가만히 어포를 바라보던 수려는 이내 아주 좋은 묘안을 하나 꺼내놓는다.

"어포에 허리띠를 엮어 놓는 것은 어때?"

"허리띠를?"

"아무리 새가 빠르다곤 해도 허리띠를 물고 날아갈 수는 없을 것 아니야? 먹이와 가죽이 연결되어 있는데, 제 아무리 날쌘 새라곤 해도 별 수 없을 거야."

"오호라, 그런 방법이 있었군."

유하는 주변에서 넓적한 돌멩이를 구해서 그것을 바닥에 잘 갈아서 돌칼을 만들어냈다.

그리곤 그것으로 가죽벨트들을 얇게 잘라냈는데 총 40조각으로 나누어 그 끝을 서로 묶어 긴 줄을 만들었다.

허리띠로 만든 로프 끝에는 버클의 끝을 구부린 바늘을 매달아 먹이를 꿸 수 있도록 했다.

바다낚시도 아니고 하늘을 날아다니는 새를 낚는 낚시를 하게 될 줄은 꿈에도 몰랐던 유하이지만 그 어느 때보다 진지하게 사냥에 임했다.

오늘 당장 먹을 것을 얻지 못하면 언제 구조될지 모르는 이 상황을 타계할 수 없기 때문이다.

유하와 수려는 새들이 모여 있는 곳에서 최대한 멀리 떨어
져 먹이에 관심을 가질 때까지 기다리기로 했다.

　기다리기를 약 10분, 슬슬 새들이 먹이에 대해 관심을 갖기
시작했다.

　"구구구!"

　"오냐, 오너라……!"

　유하는 먹이를 조금씩 흔들었고, 새는 그것을 움직이는 물
고기로 인식하곤 곧장 부리에 가져다 댔다.

　원래 물고기를 낚는 낚시였다면 벌써 낚싯대를 끌어 올렸
어야 했겠으나, 지금의 상황은 그렇지가 않다.

　새가 완전히 고기를 다 삼켜야 낚시에 성공하게 되는 셈이
었던 것이다.

　"조금만 더……."

　유하의 허벅지보다 더 큰 저 새를 잡으면 넉넉히 삼 일 정
도는 식량 걱정을 하지 않아도 될 것이다.

　끝도 없는 기다림, 바로 그때였다.

　꿀꺽!

　"삼켰다!"

　유하는 그 즉시 줄을 잡아당겼고, 당황한 새는 날아가기 위
해 몸부림을 치기 시작했다.

　"구구구구구!"

"요놈, 어딜 도망가려고?!"

마치 바람에 연이 흔들리듯, 이리저리 날아다니던 새는 유하가 잡고 있던 가죽 때문에 이내 바닥으로 떨어져 내렸다.

이 순간을 놓칠 리 없는 유하가 녀석의 머리를 발로 걷어차 버렸다.

퍼억!

"끄웩……."

"잡았다!"

가까스로 바다 새를 얻어낸 유하는 돌칼을 이용하여 새를 손질하기 시작했다.

*   *   *

구릉지대에는 제법 마른 풀들이 많이 굴러다니고 있었기 때문에 불을 피우는데 큰 무리가 없었다.

유하는 갓 잡은 새의 배를 가르고 내장을 빼낸 후, 손으로 일일이 깃털을 뽑아내어 손질했다.

그리곤 넓적한 돌판 위에 잘 손질된 새고기를 올리고 그 아래에 불을 지폈다.

화르륵!

"잘 붙는군."

"그나저나 이것, 먹을 수 있는 새겠지?"

"이 세상에 먹을 수 없는 고기는 없어. 걸어 다니거나 날아 다니거나 헤엄을 치거나, 살아 있다면 뭐든 먹을 수 있다고."

"하긴, 그건 그렇지."

중국은 다리가 달린 것은 뭐든지 먹는다는 풍습이 자리 잡고 있을 정도로 수많은 먹거리가 있다.

하늘을 날아다니는 새도 손질만 제대로 한다면 먹을 수 없는 종은 아마도 없을 것이다.

물론, 태어나 처음 보는 종의 새를 먹는다는 것이 생각보다 쉬운 일은 아니었지만 고픈 배를 채우기 위해서라면 못할 것도 없었다.

치이이이익―!

"오오, 익는다!"

"드, 드디어!"

도대체 얼마 만에 먹어보는 제대로 된 음식인지, 유하와 수려는 벌써부터 입안에 침이 잔뜩 고이는 것을 느낀다.

그리고 약 20분 후, 유하는 앞뒤로 잘 익은 새의 살점을 살짝 발라내 맛을 본다.

"쩝쩝……."

"어때?"

"뭐, 그냥……."

사실, 갓 잡은 새라곤 해도 간이 잘 되어 있지 않으면 그다지 빼어난 맛을 느낄 수는 없다.

하지만 시장이 반찬이라고, 한 번 입에 들어가니 입맛이 확 사는 것 같았다.

"괜찮은 것 같기도 하고."

"그럼 먹어도 되는 것이네?"

"물론이지."

"조, 좋아!"

그녀는 새의 다리부분을 떼어내 맛을 보았고, 이내 살짝 인상을 찌푸린다.

"으, 으음… 먹어도 되는 것 맞지?"

"맛이 너무 담백해서 그래. 기름기가 없는 닭 가슴살이라고 생각하고 먹어."

"그래, 알겠어. 그럼 너는 이 날개를 좀 먹어. 날개에 지방이 많데."

"고맙군."

어느 새 두 사람은 마치 친남매처럼 서로를 챙기는 사이가 되었다.

구릉지대의 기암절벽 위, 유하는 여전히 그녀를 들쳐업고 산을 오르는 중이다.

이곳의 절벽들은 모두 사람이 오르내릴 수 있을 정도로 평평한 경사면을 가지고 있었는데, 신기하게도 그것들이 하나로 이어져 있어 통행이 가능했다.

하지만 여전히 다리가 불편한 그녀는 제대로 움직일 수가 없었기 때문에 유하가 대신 그녀를 들쳐업고 산을 오르게 된 것이었다.

휘이이이잉─!

"시원하군."

"어쩜 이렇게 바람의 온도가 딱 적당할까?"

"아이슬란드라는 이름에 어울리지 않는 곳이긴 하군."

"그러게 말이야."

실제로 대부분의 대륙이 얼음으로 이뤄진 이곳이기에 북쪽은 꽤나 쌀쌀한 기후를 가진다.

하지만 남부는 맥시코 만의 조류로 인해 상당히 쾌적한 환경이 조성되어 있다.

아마도 이곳에 풀이 자랄 수 있는 환경만 조성되었다면 지금보다 훨씬 더 살기 좋은 나라가 되었을지도 모른다.

구릉지대는 대략 3km가량의 경사면으로 이뤄져 있는데, 그 폭이 생각보다 넓어서 걷는데 전혀 지장이 없었다.

또한 얼마 전에 고기를 먹어 영양분을 보충한 유하였기 때문에 산을 오르는 것쯤은 별 것 아니었다.

대략 세 시간 후, 유하는 구릉지대를 빠져나갈 수 있는 입구에 들어서게 되었다.

그녀는 유하의 어깨 너머로 보이는 초목 지대를 바라보며 감탄사를 자아낸다.

"우와……! 이런 절경이 다 있었다니?!"

"아이슬란드에서 살아남길 정말 잘했다는 생각이 드는군."

두 사람은 잠시 절벽 위에 서서 아이슬란드의 수려한 풍경을 감상했다.

제10장
귀환

　구릉지대에서 벗어나 초목 지대에 들어선 유하는 이곳의 이정표를 보고 자신이 있었던 곳이 과연 어디인지 알 수 있었다.

　"크리수빅 화산이라… 정말 우리가 거대한 용암 동굴에서 살아남은 것이 맞긴 맞나봐."

　"활화산이라니, 정말 죽을 뻔한 것이었군."

　크리수빅 화산은 아이슬란드 최대 규모의 활화산으로, 지층이 상당히 복잡하게 얽혀 있는 것이 특징이다.

　근방의 화산 지대에는 푸른색 유황호와 빨간색 유황호가

존재하며, 온천 인근에 위치한 머드팟도 다량 자리잡고 있다.

아마도 유하와 수려가 거쳐 온 곳은 크리수빅 화산 지하에 위치한 작은 분화구였던 모양이다.

만약 이렇게 활발한 화산활동이 이뤄지는 크리수빅이 조금의 충격만 받았더라도 두 사람은 벌써 저세상 사람이 되어버렸을지도 모른다.

초목 지대에 푯말까지 붙어있는 것을 보면 아무래도 근방에 마을이 있다는 소리일 것이다.

"정말 끝이 난 모양이다."

"그러게."

유하는 계속해서 그녀를 들쳐 엎고 있었는데, 심하게 삔 발목의 상태가 점점 안 좋아지고 있었기 때문이다.

그녀의 건강을 위해서라도 유하는 빨리 마을을 찾아가야 한다고 생각했다.

바로 그때, 두 사람에게 구원의 빛줄기가 내려온다.

부아아아아앙…!

"트, 트럭?!"

"여기요! 사람 살려!"

초췌한 몰골의 두 남녀가 미친 듯이 손을 흔들자, 트럭의 주인은 곧장 차를 세워 두 사람에게 다가왔다.

"모, 몰골이 왜 그래요? 혹시 조난을 당했었습니까?"

"네, 그렇습니다! 제발 좀 도와주십시오!"

"그래, 알겠어요. 일단 타세요. 마을로 돌아가서 음식이라도 좀 먹으면서 얘기합시다."

"감사합니다!"

유하는 농부의 트럭에 올라타 인근 마을로 향했다.

크리수빅 화산 근처에 있는 작은 마을 팔라카 빌리지는 총 인구 150명에 거의 대부분의 사람들이 목장을 운영하고 있었다.

유하와 수려는 팔라카 빌리지의 행정구역장인 촌장의 집에서 샤워를 하고 깔끔한 옷을 얻어 입을 수 있었다.

또한, 갓 짜낸 신선한 우유로 만든 스프와 호밀 빵을 대접받아 그동안 미뤄두었던 식욕을 폭발시켰다.

"쩝쩝……!"

달그락, 달그락!

두 사람은 마치 걸신이라도 들렸다는 듯이 빵을 먹어치웠고, 촌장 내외는 그런 두 사람을 안쓰럽게 바라보았다.

"쯧쯧, 어쩌다 조난을 당한 건가?"

"경비행기를 잘못 타는 바람에 이렇게 되었습니다."

"자네들 말고 다른 사람들은?"

"…아마도 실종되었거나 목숨을 잃은 것으로 보입니다. 둘

중에 한 명은 제가 시신을 직접 발견했습니다만, 한 명은 생사가 불분명하군요."

"그래, 자네들만이라도 살아남은 것이 어디인가? 저 복잡하다고 악명이 자자한 크리수빅에서 살아난 것만 해도 기적이야."

"그렇군요."

가끔 난파선의 선원들이 조류를 타고 화산으로 흘러들기도 하는데, 지금까지 저곳에서 살아 돌아온 사람은 한 명도 없었다.

그나마 유하와 그녀가 유일한 생존자였던 것이다.

"아무튼 식사도 했으니 고국으로 돌아가야지. 소식통은 있나?"

"네, 그렇습니다. 이렇게 융숭한 대접을 해주시다니, 뭐라 감사를 드려야 할지 모르겠군요."

"감사합니다."

두 내외에게 감사를 표하는 유하를 따라서 그녀가 고개를 숙였다.

남에게 절대로 고개를 숙이는 법이 없었던 그녀가 인사를 한다는 것, 이것은 그녀의 인성이 조금은 변했다는 것을 반증하는 일이었다.

유하는 어쩌면 이번 조난 사건이 그녀를 인간으로 만드는데 지대한 공을 세운 것이 아닐지 생각해본다.

＊　　　＊　　　＊

늦은 밤, 인근 소방서와 구조대를 전부 다 동원해서 수색 활동을 벌인 아이슬란드 소방대가 반가운 소식을 접했다.

며칠 전, 아이슬란드 남부 해협에서 실종되었던 사람들 중 두 명이 무사히 생환했다는 것이었다.

경찰서를 통해 소방대에 먼저 소식이 닿았고, 정미주는 한달음에 소방서로 달려왔다.

약간 올드했지만 꽤나 편해 보이는 옷을 입은 유하와 수려는 아직도 먹을 것 삼매경에 빠져 있었다.

그런 그들에게 정미주가 다가와 말했다.

"…귀, 귀신은 아니죠? 정말 당신 맞죠?"

"아, 부사장님. 마침 잘 오셨습니다. 소방대원들께서 순록 소시지와 호밀 빵을 나누어주셨지 뭡니까?"

"그쪽도 한 점 들지?"

"……."

수려와 유하는 천진난만한 표정으로 먹을 것을 씹고 있었고, 정미주는 그제야 안심이 되는지 자리가 풀려 그 자리에 주저앉고 말았다.

"아아……."

"미주씨! 괜찮아요? 갑자기 왜……."

"이런 무식한 양반아! 죽은 줄 알았던 사람이 살아 돌아왔으니 당연히 힘이 풀리죠!"

"그, 그런 겁니까?"

"하여간, 무신경한 것은 알아줘야 한다니까."

"하하, 뭐 어쨌든 살아왔으니 된 것 아닙니까? 목숨이 붙어 있다는 것이 중요한 겁니다."

"…그래요, 내가 당신을 어떻게 이겨요?"

이윽고 그녀는 발목에 붕대를 감고 있는 수려를 바라보며 물었다.

"다리는 왜 그래요? 괜찮아요?"

"뭐, 이 정도야 별 것 아니지. 덕분에 좋은 구경도 했으니 되었어."

"그래요……."

유하와 수려는 계속해서 먹을 것을 비워내고 있었고, 그녀는 소방서 앞에 차를 대기시키는 등의 뒤처리를 도맡았다.

다음 날, 한국에선 수려의 소속사가 유하를 상대로 소송을 제기하느니 마느니 하는 난리가 벌어졌다.

하지만 정작 수려 본인은 그다지 별 감흥이 없는 것 같았다.

소송을 거는 명의는 다름 아닌 수려였는데, 그녀는 유하를 고소할 마음이 좁쌀만큼도 없었던 것이다.

그녀는 전화를 붙잡고 길길이 날뛰는 소속사 사장에게 심드렁한 목소리로 말했다.

─그 빌어먹을 놈! 아주 콩밥을 먹여야 하는데!

"오버하지 마. 강유하가 뭘 잘못했다고 콩밥을 먹여?"

─너를 조난당하도록 만든 것으로 모자라 네 다리까지 다치게 하다니, 이대로 가만히 놓아둘 수는 없지!

"야, 이 멍청아! 몇 번을 말해? 강유하는 나를 구해준 사람이라니까? 너처럼 뒤에서 돈이나 챙기는 부류와는 차원이 다른 사람이라고."

─뭐, 뭐?

"솔직히 당신… 내가 없어졌을 때, 무슨 생각을 했어? 나를 대신할 사람을 구하러 다녔지?"

─그, 그건……

"애초에 돈을 보고 나를 키워온 당신과 오로지 인간 하나만 보고 나를 구해준 강유하는 차원이 다르단 말이야."

그녀는 자신의 핸드폰에 있는 날짜 기능을 한 번 켜서 달력을 확인해 본다.

"그러고 보니 이제 곧 계약 만료네. 알지? 5년 간 내가 죽을 똥을 싸면서 노예 계약에 시달렸던 것."

─수, 수려야?

"이로서 당신과 나는 결별이야. 이번 광고를 끝으로 나와 당신은 찢어져 서로 갈 길을 모색하는 거야. 알겠어?"

─자, 잠깐만…….

이윽고 그녀는 전화를 끊어버렸고, 자신의 고문 변호사에게 전화를 걸어 뒷일을 맡기기로 했다.

수려의 조난은 생각보다 큰 파장을 불러일으켰는데, 그 파장의 주인인 수려는 오히려 이 사건을 또 다른 도약의 발판으로 삼을 모양이었다.

그녀는 한국에 귀국하자마자 기자회견을 열었고, 앞으로 자신의 행보에 대한 소신을 밝혔다.

찰칵, 찰칵!

기자들이 잔뜩 몰려든 회견장에 앉은 그녀는 대형 기획사를 나와 새로운 보금자리를 찾을 것을 선언했다.

"제스틴 엔터테이먼트를 나와 새로운 소속사를 찾아 둥지를 틀 겁니다. 물론, 앞으로도 계속 활발한 활동을 계속할 것을 국민들께 약속드립니다."

"수려씨, 수려씨는 대한민국 최고의 기획사로 불리는 제스틴을 떠나 새롭게 둥지를 튼다고 말씀하셨는데, 그 이유가 궁금합니다!"

그녀는 별 대수롭지 않다는 듯이 답한다.

"죽을 뻔하고 나니 제가 정말 하고 싶은 것이 무엇인지 깨달았어요. 저는 제스틴과 같이 악독한 회사 밑에서 뼈가 빠져라 일하는 삶이 아니라 내가 하고 싶은 연기를 하면서 사는 것이 옳다는 것을 느꼈습니다. 그래서 그 느낌대로 살아가려 마음을 먹은 것이지요."

"그렇군요. 잘 알았습니다."

아마도 앞으로 그녀의 활동은 지금보다 다소 위축될 수도 있을 것이다.

하지만 그녀가 진정으로 하고 싶은 것을 하고 산다면 거품과도 같은 인기쯤은 없어져도 큰 상관이 없었다.

그녀는 가벼운 마음으로 기자회견장을 나섰다.

*   *   *

천뇌환 광고 촬영 현장, 수려는 자신의 개런티를 모두 광고에 환원시켜 무료로 광고를 촬영하기로 했다.

지금까지 들어갔던 자금들은 모두 자신의 개런티로 채워 넣음과 동시에 해외 올 로케이션으로 진행될 예정이었던 촬영 일정을 모두 취소했다.

그리고 제주도와 울릉도, 독도 등에서 촬영을 진행하여 제작비를 최소화하기로 한 것이었다.

덕분에 감독과 스태프들은 훨씬 더 편안한 환경에서 촬영을 진행할 수 있었고, 그녀 역시 특유의 프로정신을 발휘해 촬영을 무려 이틀 만에 끝낼 수 있었다.

광고를 모두 촬영하고 난 후, 그녀는 유하를 자신의 집으로 초대하여 식사를 대접하고 싶다고 통보했다.

그녀는 유하에게 닭고기 파티를 열자고 제안했는데, 그는 흔쾌히 그 제안을 수락했다.

서울 강남에 위치한 최고급 빌라, 유하는 이곳에 거주하고 있는 그녀를 찾아왔다.

딩동!

초인종을 누르자, 자동으로 대문이 열리며 현관문까지 일렬로 전등이 자동으로 켜졌다.

그리고 그가 사라지고 난 후엔 곧바로 전등이 점멸되어 마치 환영을 받는 느낌이었다.

이윽고 현관 앞에 선 유하는 노크로 그녀를 부른다.

똑똑,

"도착했다."

"그래, 잠시만!"

그녀는 굳게 닫혀 있던 문을 열어 유하를 안으로 초대한다.

"들어와. 올 때 신발은 벗어야 하고."

"그래, 알겠다."

수려는 대략 40평 정도의 넓은 빌라를 혼자서 사용하고 있었는데, 짐이 그렇게까지 많은 편은 아니었다.

다만, 방 두 개가 음악 작업과 운동을 위해 꾸며져 있었기 때문에 활동 반경은 조금 제한적이었다.

하지만 그 모든 것을 감안한다고 해도 혼자서 이곳에 살기엔 집에 너무 넓었다.

"집이 좋군."

"예전에 영화의 게런티로 집을 샀다고 들었어. 물론, 가격이 정확히 얼마나 하는지는 알 수가 없고."

"하긴, 아이돌의 자산 관리는 대부분 회사에서 직접 해주니까."

"하지만 그것도 이젠 내가 직접 해야 할 부분이지. 또 다른 회사에서도 지금처럼 멍청이 짓을 할 수는 없는 노릇이니까."

"모든 것은 안정적으로 변할 거야. 사선을 넘어왔잖아?"

"고마워."

이윽고 그녀는 유하를 화이트 오크로 꾸며진 주방으로 안내한다.

"이쪽으로 와. 마침 요리가 거의 다 되어가고 있어."

"요리?"

"사실, 취미로 요리를 좀 공부했거든. 혼자서 밥을 해먹곤 했어."

"의외로군."

"하지만 남들에게 해준 적이 없어서 맛이 어떨지 알 수가 없네."

유하는 고개를 갸웃거린다.

"가족들과 친구들에게도 해주지 않았어?"

"내 부모님은 이혼했어. 형제도 없고. 더군다나 워낙 어려서부터 일을 시작했기 때문에 친구도 없지. 잘 알겠지만, 연예계에선 싸가지가 없다고 소문이 나 있을 테니 당연히 동료들도 없고."

"그렇군……."

어쩌면 그녀는 지금까지 자신이 살아오기 위해 모든 것을 포기했던 것인지도 모른다.

그런 그녀의 입장을 한 번도 생각해본 적이 없는 유하로선 미안한 마음이 들었다.

"뭐, 어찌되었건 강유하라는 사람을 알았으니 이제는 좀 덜 외롭겠군."

"나라고 뭐 특별하겠나? 가끔씩 이렇게 함께 밥을 먹는 것뿐이지. 나도 그리 성격이 좋은 사람은 아니잖아?"

"후후, 그래서 네가 마음에 들어. 성질이 더러운 사람은 서로 통하는 것이 있을지도 모르잖아?"

"쳇, 칭찬인지 욕인지 모르겠군."

몇 차례 대화를 나누고 난 후, 그녀는 오븐에 들어있던 칠면조 요리를 꺼내왔다.

무려 유하의 몸통만 한 칠면조 요리는 보는 사람으로 하여금 감탄을 자아내도록 만들었다.

"우, 우와! 이게 다 뭐야?!"

"오랜만에 솜씨 좀 발휘했지. 추석에 혼자서 해 먹던 건데, 맛이 어떨지 모르겠어."

일단 유하는 자리에 앉아 그녀가 잘라주는 칠면조 고기를 맛보기 시작했다.

크게 썰어 놓은 고기를 한 입 맛본 순간, 유하는 눈을 동그랗게 뜬다.

"으, 으음! 맛이 좋은데?! 질기지도 않고."

"그래?"

"이야, 다시 봐야겠어?"

"쳇, 나도 할 땐 한다고!"

"아무튼 먹자!"

"좋아!"

두 사람은 또 다시 허겁지겁 고기를 먹어치우기 시작했다.

유하는 그녀의 집에 있는 게임기와 고스톱 등으로 시간을
보내며 자정이 다되어갈 쯤이 되어서야 자리에서 일어섰다.

그녀는 생각보다 취미가 다양해서 유하가 배울 수 있는 점
이 상당히 많았다.

그중에는 요즘 유행하는 최신 게임들이 다수 포함이 되어
있었는데, 그 역시 앞으로 자주 게임을 즐겨볼 생각이었다.

"나중에 온라인 대전으로 다시 붙자고."

"좋지."

당장 내일부터 회사에 나가봐야 하는 유하이기에 더 이상
이곳에 머무를 수 없다.

그는 아쉬움이 가득한 표정을 짓는 그녀에게 쪽지를 한 장
건넸다.

"이게 뭐야?"

"내 메신저 아이디. 가끔 심심하면 연락해. 게임이나 한 판
하자고."

"흥, 네가 연락을 해야지, 내가 연락을 왜 해?"

"사람이 가끔은 심심할 때도 있고 그런 법이다. 나중에 술
도 한잔 하고 말이야."

"뭐, 그런 것이라면……."

지금까지 유하는 그녀가 어째서 이렇게 톡톡 쏘듯 말을 내뱉는지 알 수가 없었다.

하지만 이렇게 가까이 붙어서 지내다보니 그녀가 왜 이런 성격이 되었는지 알 수 있었다.

어린 나이에 데뷔, 거기에 부모님의 이혼으로 인하여 그녀는 외톨이가 되어버렸던 것이다.

철저히 혼자가 된 그녀는 스스로의 공간을 만들기 시작했고, 그 공간에 침입하려는 사람들을 밀어내기 위해 독설가가 된 것이었다.

이제 유하는 그녀가 조금 더 큰 세상으로 나아가길 바랄 뿐이다.

외전
잠식된 도시 1

한가한 주말이다.

유하는 천왕봉 정상을 향해 빠르게 이동을 하고 있었다.

다만 오늘 산행에는 도술은 부리지 않기로 한다. 순수한 근력으로만 올라가고 있었으며 그 덕분에 땀이 비 오듯 흘러내리고 있었다.

"후욱! 덥군."

그는 중턱쯤에 멈춰선다.

유하가 홀로 천왕봉에 오르는 이유는 그저 생각을 정리하기 위해서였다.

평소 그가 즐기는 여가에는 두 가지가 있었다.

하나는 사우나를 다녀와 한가롭게 쉬는 것이었고, 또 하나는 등산을 하며 자연을 벗 삼는 일이다.

그는 도술사였기에 자연과 매우 밀접한 관계가 있었다. 그 때문에 이렇게 한 번씩 주변의 경관을 둘러보며 돌아다니는 것을 즐겼다.

꿀꺽 꿀꺽!

그는 얼음물을 시원하게 한 잔 들이켰다.

이제 한 시간 정도면 정상에 도착할 수 있을 것이다.

"후욱! 후욱!"

땀 때문에 옷이 푹 젖었다. 그렇지 않아도 불볕더위라고 하는 판국에 등산까지 하였으니 체력이 고갈될 만도 하였다.

유하는 도술을 부려 더위를 날려 버릴까도 생각해 보았다.

하지만 그는 고개를 저었다.

"지금도 나쁘지는 않아."

곧 정상이 모습을 드러내고 있었다.

주말이라 그런지 유하 이외에도 많은 사람들이 천왕봉을 찾았다.

얼마 지나지 않아 그는 천왕각에 이르렀다.

한가한 정자 옆에는 막걸리를 파는 행상이 있었다. 이런 산행에는 역시 막걸리가 빠질 수는 없는 노릇이었다.

"어서 오십시오."

"막걸리 한 잔 주십시오."

"3천 원입니다."

"너무 비싼 것 아닙니까?"

"인건비도 생각을 해야지."

꽤나 비싸다는 생각이 들었지만, 막걸리가 들어 있는 통 안에는 살얼음이 둥둥 떠다니고 있었다.

남자치고 이런 유혹을 뿌리칠 수 있는 사람은 드물 것이다.

"끄응. 한 잔 주십시오."

유하는 차가운 사발을 잡았다.

"좋군요."

"비싼 데는 이유가 있는 법이라오."

유하는 막걸리를 시원하게 들이켰다.

"크어!"

"한 잔 더 드시겠수?"

"그럽시다, 까짓것."

유하는 사발을 잠시 빌려 정자로 돌아온다.

복잡하게 돌아가고 있는 도심의 모습이 한눈에 내려다보인다.

이렇게 더운 날에는 항상 생각나는 기억 조각들이 있었다.

그는 옛 부하들을 떠올리며 씁쓸하게 웃는다.

"놈들은 뭐하고 있으려나……."

그는 아련한 기억 속으로 빨려 들어간다.

＊　　　＊　　　＊

휘이이잉!

후텁지근한 바람이 불어오고 있었다.

이노티아 왕국 총사령관 티리엘은 병영을 둘러보며 병력을 확인하는 중이었다.

"보엘, 병사들의 사기는?"

"바닥입니다. 아무래도 날씨가 너무 더운 것이 원인이라 사료됩니다."

"큰일이로군. 북부의 켈트족이 들이닥칠지도 모르는 이 판국에 말이야."

이노티아 왕국에서는 대전쟁을 앞두고 있었다.

가만히 있어도 땀이 줄줄 흘러내릴 듯한 무더위에 병사들이 맹훈련을 하고 있는 것도 바로 그 때문이었다.

병영 곳곳에는 지쳐 쓰러지는 병사들이 많이 보였다.

연무장은 땀으로 범벅이었으며 열사병에 걸린 병사는 후방으로 이송되어 가고 있었다.

티리엘은 한숨을 내쉬었다.

"그래도 어쩔 수가 없지. 자네가 힘을 내주게."

"알겠습니다, 각하."

이런 때에 군기가 무너지면 나라 전체가 흔들릴 수도 있었다.

티리엘은 이노티아 왕국이라는 막대한 짐을 짊어지고 있다. 더욱이 전쟁 때문에 신경은 날카롭게 서 있었다.

두두두두두두!

그가 병영을 시찰하고 있을 때, 전령이 매우 빠르게 달려오고 있었다.

전령은 티리엘의 앞에 도착을 하자마자 뛰어내렸다.

"각하! 어서 입궁을 하셔야겠습니다!"

"전쟁 준비가 한창이다. 보면 모르나?"

"동부 하이젠 자작령이 폐허로 변했다고 하옵니다!"

"뭐라!?"

"이미 자작령에 포함되어 있는 미케른은 완전히 죽은 자의 도시가 되었고 나머지 도시들도 위험한 상황이라 합니다."

"빌어먹을 일이로군."

"아무래도 켈트족의 소행 같습니다."

"가자!"

티리엘은 말 위에 올라탔다.

그는 엄청난 속도로 거리를 주파하기 시작하였다.

이노티아 왕궁의 대전.

국왕 칼번은 매우 심각한 얼굴로 대신들을 소집해 있었다.

그렇지 않아도 켈트족과의 전쟁 때문에 신경이 쓰이는데 좋지 않은 일이 발생했다. 지난 하루 동안 칼번의 얼굴은 10년 이상 늙어 보였다.

티리엘은 바닥에 한쪽 무릎을 꿇는다.

쿵!

"전하! 신 티리엘, 전하의 부름을 받고 대령하였나이다!"

"어서 오게 공작!"

칼번은 자리에서 일어나 그를 맞았다.

대신들의 표정도 꽤나 좋지 않았다. 동부전선의 한 축이라 할 수 있는 국경 영지가 작살이 났다는 것은 타국과의 또 다른 전쟁을 불러일으킬 수도 있는 심각한 일이라 할 수 있었기 때문이다.

"어찌 된 일인지 이야기는 들었나?"

"그러하옵니다. 미케른 자작령이 완전히 폐허가 되었다고 들었습니다. 헌데 자세한 이야기는 못 들었습니다."

"그러니까……."

국왕이 사태를 설명했다.

악의 부족이라고도 불리는 켈트족은 흑마법사나 네크로맨서를 크게 중요시 하는 것으로 유명했다. 덕분에 전쟁이 나면 신경 쓸 것이 죽어 있는 사람들이라고 보아도 무방하였다. 그 밖에도 사악한 환술로 사람들을 현혹시켜 아군을 공격하게 하거나 악령들을 강림시켜 괴롭히기도 하였다.

인간이 할 수 있는 온갖 나쁜 짓들을 도맡아 하는 통에 전쟁이 일어나면 매우 골치 아픈 존재기도 하였던 것이다.

켈트족에서는 동부전선을 무너뜨리고 타국을 참전시키기 위하여 수석 네크로맨서인 아카론을 급파하였다.

아카론은 네크로맨서 병단을 이끌고 왕국 동부를 잠식해 들어갔고 벌써 도시 하나가 붕괴된 상황이었다.

"아카론이 움직였다는 말입니까?"

"그렇다네."

"심각한 일이로군요."

티리엘의 눈살이 와락 일그러졌다.

티리엘은 아카론을 본 적이 있었다.

이미 켈트족과의 싸움은 수백 년이나 지속되어 왔으며 밀고 당기는 공방이 계속 이어지고 있었다.

덕분에 네크로맨서들을 어떻게 다루어야 할지는 대략 알고 있는 티리엘이었다.

10년 전, 북부전선에서 전쟁이 벌어졌을 때, 아카론의 눈알

하나를 완전히 못 쓰게 만들어 버렸다.

조금만 검이 깊게 들어갔으면 충분히 죽여 버릴 수가 있었으나 상황이 여의치가 않았다. 티리엘의 실수는 그것이었다.

"그때 죽였어야 했습니다."

"그럴 수 없었다는 것은 대신 모두가 알고 있는 사실이라네."

"후우, 신의 불찰입니다."

"그보다는 지금 상황을 어떻게 타계하느냐가 중요하지. 북부전선에서도 병력 증강이 꾸준하게 이루어져 더 이상은 미룰 수가 없네. 지금 당장이라도 출병을 하여야 하지. 그렇지만 문제가 있다네."

"동부전선이로군요."

"그렇지. 동부전선이 무너지면 끝장이네. 자네가 해결을 할 수 있겠나?"

그는 생각에 잠겼다.

현재 왕국에서 가용할 수 있는 최대 병력은 10만이었다. 동부전선에는 1만의 병력이 대기하고 있었지만, 그들이 멀쩡할지는 알 수 없었다. 그렇다면 최소한 2만 정도는 동원을 하여 네크로맨서들을 처단해야 한다는 뜻이었다.

티리엘은 그렇게 생각을 마친다.

"1개 군단을 급파해야 되겠습니다."

"나 역시 그리 생각한다네. 자네가 직접 가서 처단을 할 수 있겠나?"

"명을 받들겠사옵니다."

아카론을 맞상대할 수 있는 자는 왕국 내에서 매우 드물었다. 그러니 티리엘이 직접 가는 수밖에 없었던 것이다.

*　　　*　　　*

미케른 영지 후방.

최서단 오비른 마을에는 임시 관청이 설립되어 있었다.

이미 영지의 중심이 되는 도시는 적들의 손에 떨어졌고 영주성은 반파가 되었다고 한다.

티리엘은 제5군단을 이끌고 영지 후방에 도착했다.

두두두두두두!

그를 맞기 위하여 일단의 무리들이 달려오고 있었다.

붉은 기에는 드래곤이 수놓아져 있었는데, 그것은 바로 미케른 자작가의 표식이었다.

미케른 자작이 말에서 내렸다.

"공작 각하를 뵙습니다!"

"미케른 자작, 꼴이 말이 아니로군."

"죄송합니다."

미케른 자작의 갑옷은 반파가 되어 있었다. 거기에 인간의 것인지 마물의 것인지도 모를 살점들이 덕지덕지 붙어 있어 지난날의 치열한 전투를 짐작할 수 있었다.

마을에는 병사들이 경계를 서고 있었지만, 그 마저도 시원치 않았다.

티리엘은 마을회관에 설치되어 있는 임시 관청으로 들어온다.

"후우, 이것 참."

기사들의 몰골도 말이 아니었다.

동부전선을 방어하는 2만의 병력 중에서 살아남은 자들이 채 5천이 되지 않았다. 그야말로 몰살 수준이라 말할 수 있는 것이다.

"위스키 있나?"

"있습니다."

그가 손짓을 하자 기사단장이 고급 위스키를 꺼내 잔에 부었다.

쪼르르르륵

티리엘은 위스키를 단숨에 마셨다.

"후우, 어디 보세."

촤르르륵!

미케른 자작은 차트를 내렸다.

그곳에는 미케른 자작령이 자세하게 표시가 되어 있었다.

미케른 자작령은 중앙 도시와 두 개의 위성도시, 여러 개의 마을로 구성이 되어 있었다. 그중에서 이미 동부의 마을들은 모조리 적들의 수중에 떨어졌다.

중앙 도시는 처음 공격을 당해 붉은 색으로 칠해져 있었고, 위성도시들도 반 정도는 붉게 표시되어 있다.

"자경대와 놈들의 세력, 그리고 영지군이 알력 다툼을 벌이고 있습니다. 하지만 시간이 지나면 함락이 될 것이 틀림없습니다."

"그런가."

상황은 좋지 않았다.

빠르면 며칠 이내에 위성도시들도 완전히 함락될 가능성이 있었다. 아니, 그것은 확실해 보인다.

그렇다면 어떻게 해서든 놈들의 세력을 꺾을 수 있는 방법을 찾아야 한다.

티리엘은 지금의 상황을 설명하였다.

"자네도 알다시피 지금 켈트족 본대와 전쟁을 벌여야 한다네. 놈들은 이미 10만 이상의 병력을 국경선에 배치시켜 두었지. 이번에 그들을 막지 못하면 왕국은 멸망이네."

"죄송합니다."

"자네를 탓하려는 것이 아니야. 우리는 최소한 일주일 이내에는 이곳의 전투를 마치고 복귀를 해야 하네. 어떻게 해서든 이곳에 1만의 병력을 만들어 놓고 떠나야 하지.”

“시간이 촉박하군요.”

“어쩔 수 없는 일이 아니겠나.”

“무엇이든 시켜만 주십시오. 반드시 해내겠습니다.”

“가용할 수 있는 최대한의 인원을 모아 주게. 단숨에 놈들의 중심부로 치고 들어가도록 하지.”

“알겠습니다.”

대략적인 작전은 이랬다.

중심도시로 곧장 진격을 하되, 얀더스 산맥을 직접 넘는 것이다. 그렇지 않고서는 공성전을 해야 하는데, 그렇게 하기에는 시간과 인력이 모자랐던 것이다.

매우 어려운 싸움이 되겠지만, 티리엘에게는 어떻게 해서든 빨리 전투를 끝마쳐야 하는 의무가 있었다.

휘이이이잉!

뜨겁고 건조한 바람이 불었다.

티리엘은 몇 개의 사단으로 병력을 나누어 산맥을 넘고 있는 중이다.

그야말로 한여름의 얀더스 산맥은 황량하기 그지없다고 볼 수 있었다. 동쪽에서 불어오는 모래 바람 때문에 눈을 뜨기도 힘들었고, 정상으로 올라갈수록 기온은 더욱 올라가는 역행 현상까지 일어나고 있었다.

과거 신마대전의 영향이라고 하지만 그 때문에 이곳 얀더스 산맥은 죽음의 산으로 변모한지 오래다.

털썩

병사가 쓰러졌다.

"위생병!!"

여기저기서 위생병을 부르는 소리가 들린다.

하지만 그들에게 할 수 있는 것이라고는 후방으로 이송하는 것뿐이었다.

줄줄이 병력이 이송된다. 도저히 이곳을 넘지 못하고 쓰러지는 병사들이 부지기수였던 것이다.

휘이이이잉!

모래바람이 더욱 거세지고 있었다.

미케른 자작이 티리엘에게 달려왔다.

"각하! 아무래도 쉬었다 가야 하지 않겠습니까?"

"잠깐 쉬도록 한다."

"예!"

병사들은 작은 천막을 치고 그 안으로 들어갔다.

티리엘 역시 작은 천막을 쳤다.

"후우! 각하. 아무래도 해가 지면 넘어야 하지 않겠습니까?"

"그건 위험한 일이다. 보안을 유지하려면 횃불을 사용할
수 없다. 야간의 산행은 매우 위험하다."

"이러다가 병사들이 다 죽겠습니다."

"그래도 아직 사망자는 없지 않나."

"사망자가 곧 발생할 겁니다."

"어쩔 수 없는 일이지."

티리엘은 한 마디로 상황을 일축하였다.

이제 와서 어떤 작전을 짜기에는 시간이 너무 촉박하였다.
그러니 어떻게 해서든 일주일 안에 끝장을 내야 하는 것이다.

"그래도 조금이라도 쾌적하게 만들어 보도록 하지."

"부탁드립니다."

그는 자타공인 최고의 도술사였다.

티리엘이 지금까지 도술을 사용하지 않고 있었던 것은 전
투에 대비를 하기 위해서였다. 대규모 전투가 벌어지기 전까
지는 어떻게 해서든 도력을 낭비해서는 안 된다고 판단하였
기 때문이다. 하지만 지금은 그보다 병사들이 산맥을 넘는 것
이 더 중요했다.

쿠르르르르르릉!

티리엘은 도술을 사용하여 구름을 불러 들였다.

우선 가장 문제가 되는 것이 바로 자외선이다. 자외선이 심각하게 내려쬐니 아무리 훈련을 잘 받은 병사라고 해도 픽픽 나가떨어지는 것이다.

구름을 불러들이자 기온이 빠르게 내려가기 시작했다.

40도를 웃돌고 정상 부근은 50도까지 치솟았지만, 티리엘이 구름을 소환하자 기온은 30도까지 내려갔다.

지금도 덥기는 마찬가지였지만, 이전에 비한다면 조족지혈이라 말할 수 있었던 것이다. 그렇다고 비를 내리게 하는 것은 곤란하였다. 그리 한다면 땅이 질퍽하게 젖어 걸을 수도 없게 될 것이다.

"후아!"

병사들은 살 것 같다는 표정을 지었다.

상당량의 도력을 썼지만, 그래도 미리 도착하여 회복을 한다면 전투를 할 때까지는 모두 회복할 수 있지 않을까 싶었다.

티리엘은 지휘권을 잠시 미케른 자작에게 인계한다.

"정상을 넘어가면 최대한 조심해서 내려오도록 하게. 나는 도력을 회복하고 있겠네."

"알겠습니다. 그리 하시지요."

팟팟!

티리엘은 축지술을 사용하여 빠르게 앞으로 나아간다.

그리고 얼마 지나지 않아 산맥 중턱에 도착했다.

혼자 산맥을 넘는 것은 그야말로 식은 죽 먹기였지만, 문제
는 병사들과 함께 산맥을 넘는 것이다.

어쨌거나 이 정도라면 낙오하는 병사들 없이 모두 넘을 수
있을 것이라고 생각했다.

*　　　*　　　*

다음 날 점심 무렵.

티리엘은 밤새도록 도력을 회복하였다. 그리고 지금은 거
의 모든 도력을 회복한 상태였다. 곧 본대가 도착했다.

"각하. 모든 병사들이 낙오 없이 산맥을 넘었습니다."

"그런가? 그렇다면 빠르게 진격해 내려간다."

"예!"

수많은 스켈레톤과 좀비들이 입구 쪽에 모여 있었다.

아마 원군을 보내면 공성전을 벌여 탈환하려 할 것이라 생
각을 했던 모양이었다. 하지만 티리엘은 병사들과 함께 산맥
을 넘어왔다.

몇 시간이 되지 않아 그들은 산맥 아래로 내려올 수 있었다.

이미 이곳은 폐허가 되어 있었으며 살아 있는 자들이 없었다.

티리엘은 도술을 부려 마른하늘에 구름을 끌어 모은다.

얼마 지나지 않아 구름들이 완전히 자리를 잡았는데, 그곳에서는 눈보라가 치기 시작하였다.

휘이이이이잉!

얼마 떨어지지 않은 공간에서 벌어지고 있는 대참사에 병사들은 할 말을 잃고 말았다.

이노티아 왕국이 지금까지 버틴 이유 중 하나가 바로 도술사 티리엘 때문이었다. 그가 아니었다면 진즉에 왕국은 멸망의 길을 걸었을 것이다.

쩌저저저적!

사정권 안에 들어 있는 모든 물체들은 얼어붙고 있었다.

그에 비하여 사정권에 들어 있지 않은 이곳에서는 그저 시원한 바람만이 불 뿐이었다.

세 시간 정도가 흐르자 안쪽에서는 난리가 나기 시작했다.

네크로맨서들이 이끌고 온 부족의 병사들은 동상에 걸려 허우적거렸고 좀비들은 움직이기 힘들 정도로 뻣뻣하게 몸이 굳어가고 있었던 것이다.

차아앙!

티리엘은 검을 뽑았다.

"가자!"

"와아아아아아!"

전 병력이 영지를 탈환하기 위하여 돌진하였다.

네크로맨서 아카론의 막사.

아카론은 이참에 동부영지 전체를 박살내 버릴 계획을 착수하고 있었다.

지금 쯤이라면 이노티아 왕국에서 북부로 대군을 급파하였을 것이다. 그리고 일부 병력이 이쪽으로 달려올 것이라고 예상했다.

아니나 다를까, 첩보대에서는 이미 5군단이 영지로 들어왔다는 소식을 전하였다.

"충분히 막을 수 있습니다."

"막을 수야 있지. 하지만 내가 원하는 것은 티리엘의 목숨이다."

아카론은 애꾸가 되어 버린 눈두덩이를 만지작거렸다.

비가 오거나 눈이 내릴 때에는 눈 주변이 미칠 듯이 아팠다. 아마 스트레스 때문이라고 생각되었지만, 그로서는 고통 때문에 그곳을 도려내고 싶을 정도였다.

어쩐 일인지 점점 사라진 눈이 아렸다.

"도대체 무슨 일이지?"

휘이이이잉!

그때, 갑자기 눈보라가 치기 시작했다.

이곳은 여름이었고 대낮이었다는 것을 생각하면 도저히

이해할 수 없었던 일이었다.

아카론은 곧 티리엘의 존재를 확인했다.

"놈이다! 놈이 틀림없다!"

"와아아아아아!"

얼마 지나지 않아 병사들의 함성이 울려 퍼지기 시작하였다.

아카론은 이해할 수 없다는 듯이 주변을 둘러보았다.

"도대체 이건?"

"아무래도 산맥을 넘은 것 같습니다!"

"뭐라!?"

그의 얼굴이 구겨진다.

설마 하니 산맥을 넘어 진격할 것이라고는 생각을 하지 못하였던 것이다.

아카론의 얼굴이 구겨진다.

"각하! 어찌 할까요? 곧 이곳도 무너질 겁니다."

으드드득!

아카론은 이를 꽉 깨물었다.

이대로 무너질 수는 없는 노릇이다.

"구원 병력을 요청하라!"

"예!"

퍽퍽!

"끄아아아악!"

"아아아아악!!"

병사들의 비명소리가 메아리치는 전장.

아군과 적군이 뒤엉켜 전투가 벌어지고 있었다. 하지만 적들은 속수무책이다.

이미 동상으로 고통을 받고 있었으며 좀비들과 스켈레톤들은 얼어서 움직일 수가 없었기 때문이다.

이 정도면 대학살이라고 보아도 무방하였다.

두두두두두두!

그때, 후방으로 전령 하나가 빠져 나갔다.

티리엘은 놈이 구원 병력을 요청하는 것이라는 사실을 알아 차렸다.

"가피르!"

"옛!"

가피르는 특공대의 대장이다.

특공대는 위험천만한 가운데에서 척후를 수행하여 필요에 따라서는 적진의 한복판에서 요인을 구출하는 임무를 수행하기도 하였다.

지금 이곳은 학살의 현장이라 말할 수 있었지만, 그렇다고 해도 마수들을 뚫고 척후 활동을 하기란 쉬운 일이 아니었다.

그 때문에 티리엘은 가피르를 호출하였던 것이다.

"놈들의 방향을 가늠하라!"

"명을 받습니다!"

팟!

가피르와 몇몇 특공대가 전선을 이탈하였다.

그들은 엄청난 속도로 후방으로 내달렸다.

아카론은 단신으로 적들을 상대하고 있었지만, 포이즌으로만 상대하는 것은 무리가 있었다.

이미 친위대까지 무너져 내리고 있는 상황이었다.

"각하! 지금 가야 합니다!"

"크윽! 곧 있으면 구원 병력이 올 것이다!"

"중심부가 밀렸습니다. 그러니 동부에 방어선을 구축하고 구원 병력을 기다리는 것이 현명할 것으로 사료됩니다."

그 역시 상황이 어렵다는 것은 인지하고 있었다.

어쩔 수가 없는 일이다.

"가자!"

아카론은 도시 동쪽에 방어선을 새롭게 구축하고자 하였다.

＊　　　＊　　　＊

"으으으으."

"끄으으으으."

한바탕 전투가 끝난 후, 사방에는 부상자들이 널브러져 있었다.

그들의 대부분은 바로 켈트족이었다.

"각하, 저들을 어찌할까요?"

"모조리 참수해라."

"하오나……!"

"그대로 두면 네크로맨서들이 손을 쓸 것이다. 켈트족과 전쟁을 할 때에는 포로에 대한 법률이 적용되지 않는다."

"알겠습니다."

서걱 서걱!

병사들은 돌아다니며 적병의 머리를 베기 시작하였다.

이것이 최선이다. 그리하지 않는다면 더 큰 화를 자초할 수 있었기 때문이다.

두두두두두!

전장을 정리하고 있을 때, 특공대장이 달려온다.

척!

그는 허리를 굽히며 예를 취한다.

"어찌 되었나?"

"적들이 빠르게 서진하고 있습니다. 목표는 바로 중앙도시이며 얀투스 협곡을 따라 이동하는 중입니다."

"얀투스 협곡이라!"

티리엘은 탄성을 내 질렀다.

이것은 기회일 수밖에 없었다.

놈들은 전선을 회복하기 위하여 위험을 무릅쓰는 것일 테지만, 전장에서 오랫동안 굴러먹던 티리엘은 바보가 아니었다.

"다시 한 번 수고를 해주어야겠다."

"맡겨만 주십시오."

얀투스 협곡은 산맥과 붙어 있었고, 그곳에는 수맥과 붙어 있었다.

이곳 지리에 밝지 못한 놈들은 협곡 위에 병력이 있는지 없는지만 확인을 하며 빠르게 내려오고 있겠지만, 티리엘은 겨우 협곡 위에서 화살이나 통나무를 던져 그들의 진로를 막고자 하는 것이 아니었다.

그는 아예 동부전선에 몰려와 있는 켈트족의 전멸을 원하였다.

그리 하기 위해서는 수맥을 터뜨려 한 번에 몰살시키는 것이 가장 확실한 방법이었던 것이다.

물론 이 작전은 소수로만 진행될 것이었다.

티리엘은 이번 작전을 특공대장에게 맡기기로 하였다.

* * *

휘이이잉!

시원한 바람이 불어왔다.

하늘을 보니 조금씩 구름이 끼고 있는 모습이 보였다.

유하는 남아 있는 막걸리를 단숨에 들이켰다.

"크으! 좋군."

옛 기억에 막걸리를 곁들이니 그것도 나쁘지 않았다.

지금 생각을 해보니 그 당시 유하가 했었던 전략은 한국사의 살수대첩과 닮아 있었다. 그리고 그 전투는 역사에 길이 남게 되었다.

"이제 내려가야겠군."

유하는 빠르게 산을 내려가기 시작하였다.

『현대 도술사』 4권에 계속…

초대형 24시 만화방

신간 100%, 샤워실, 흡연실, 수면실(침대석), 커플석, 세탁기 완비

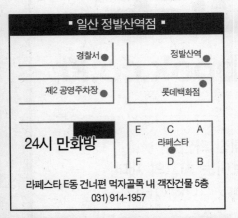
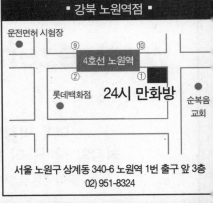
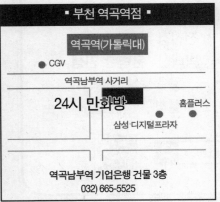

가프 장편 소설

관상왕의
1번룸

FUSION FANTASTIC STORY

거대한 도시의 그늘에서 벌어지는
짜릿하고 통쾌한 이야기!

『관상왕의 1번룸』

텐프로의 진상 처리 담당, 홍 부장.
절망적인 삶의 끝에서 만난 남국의 바다는
그를 새로운 인생으로 인도하는데……

쾌락을 원하는 거부, 성공에 목마른 사업가,
그리고 실패로 절망한 사람들이여.

여기, 관상왕의 1번룸으로 오라!

Book Publishing CHUNGEORAM

유행이 아닌 자유추구 -
WWW.chungeoram.com

박선우 장편 소설
FUSION FANTASTIC STORY

PERFECT GAME

퍼펙트 게임

고통과 좌절의 시간들을 뛰어넘어
불사조처럼 일어나 세계를 제패한 사나이의 일대기.

대한민국을 넘어 메이저리그를 평정하며
명예의 전당에 헌정된 언터처블 투수, 이강찬.

강철 같은 어깨에서 뿜어져 나오는 그의 패스트볼은
무적이었으며 야구계에 길이 남을 **신화**였다.

**야구만을 사랑했던 고독한 사나이.
그의 *퍼펙트게임*이 이제 시작된다!**

Book Publishing CHUNGEORAM

유행이 아닌 자유추구 -
WWW.chungeoram.com

가프 장편 소설

관상왕의
1번룸

FUSION FANTASTIC STORY

거대한 도시의 그늘에서 벌어지는
짜릿하고 통쾌한 이야기!

『관상왕의 1번룸』

텐프로의 진상 처리 담당, 홍 부장.
절망적인 삶의 끝에서 만난 남국의 바다는
그를 새로운 인생으로 인도하는데…….

쾌락을 원하는 거부, 성공에 목마른 사업가,
그리고 실패로 절망한 사람들이여.

여기, 관상왕의 1번룸으로 오라!

Book Publishing CHUNGEORAM

유행이 아닌 자유추구 -
WWW.chungeoram.com